RACCONTO ISTORICO DELLA VITA DI GALILEO

Vincenzo Viviani

Texte et illustration de couverture : © domaine public
Edition : Culturea (Hérault, 34)
Contact : infos@culturea.fr
Retrouvez notre catalogue sur http://culturea.fr
Imprimé en Allemagne par Books on Demand
Design typographique : Derek Murphy
Layout : Reedsy (https://reedsy.com/)

Dépôt légal : janvier 2023

ISBN : 9791041843367

Al Ser.mo Principe Leopoldo di Toscana.

Racconto istorico della vita del Sig.r Galileo Galilei

Accademico Linceo, Nobil Fiorentino,

Primo Filosofo e Matematico dell'Altezze Ser.me di Toscana.

Al Ser.mo Principe Leopoldo di Toscana,

mio Sig.r et P.ron Col.mo

Ser.mo Principe,

Avendo V. A. S. risoluto di far scriver la vita del gran Galileo di gloriosa memoria, imposemi che, per notizia di chi dall'A. V. S. è destinato per esequire così eroico proponimento, io facesse raccolta di ciò che a me sovvenisse in tal materia, o d'altrove rintracciare io potesse: onde, per obbedire con ogni maggior prontezza a' cenni dell'A. V., reverente le porgo le seguenti memorie, spiegate da me con istorica purità, e con intera fedeltà registrate, avendole estratte per la maggior parte dalla viva voce del medesimo Sig.r Galileo, dalla lettura delle sue opere, dalle conferenze e discorsi già co' suoi discepoli, dalle attestazioni de' suoi intrinseci e familiari, da pubbliche e private scritture, da più lettere de' suoi amici, e finalmente da varie confermazioni e riscontri che le autenticano per verissime e prive d'ogni eccezzione.

Nacque dunque Galileo Galilei, nobil fiorentino, il giorno 19 di Febbraio del 1563 ab Incarnatione, secondo lo stil fiorentino, nella città di Pisa, dov'allora dimoravano i suoi genitori.

Il padre suo fu Vincenzio di Michelangelo Galilei, gentiluomo versatissimo nelle matematiche e principalmente nella musica speculativa, della quale ebbe così eccellente cognizione, che forse tra i teorici moderni di maggior nome non v'è stato sino al presente secolo chi di lui meglio e più eruditamente abbia scritto, come ne fanno chiarissima fede l'opere sue pubblicate, e principalmente il Dialogo della musica antica e moderna, ch'ei diede alle stampe in Firenze nel 1581. Questi congiunse alla perfezione della teorica l'operativa ancora, toccando a maraviglia varie sorti di strumenti e particolarmente il leuto, in che fu celebratissimo nell'età sua.

Ebbe della Sig.ra Giulia Ammannati sua consorte più figliuoli, et il maggior de' maschi fu Galileo.

Cominciò questi ne' prim'anni della sua fanciullezza a dar saggio della vivacità del suo ingegno, poiché nell'ore di spasso esercitavasi per lo più in fabbricarsi di propria mano varii strumenti e machinette, con imitare e porre in piccol modello ciò che vedeva d'artifizioso, come di molini, galere, et anco d'ogni altra macchina ben volgare. In difetto di qualche parte necessaria ad alcuno de' suoi fanciulleschi artifizii suppliva con l'invenzione, servendosi di stecche di balena in vece di molli di ferro, o d'altro in altra parte, secondo gli suggeriva il bisogno, adattando alla macchina nuovi pensieri e scherzi di moti, purché non restasse imperfetta e che vedesse operarla.

Passò alcuni anni della sua gioventù nelli studii d'umanità appresso un maestro in Firenze di vulgar fama, non potendo 'l padre suo, aggravato da numerosa famiglia e constituito in assai scarsa fortuna, dargli comodità migliori, com'averebbe voluto, col mantenerlo fuori in qualche collegio, scorgendolo di tale spirito e di tanta accortezza che ne sperava progresso non ordinario in qualunque professione e' l'avesse indirizzato. Ma il giovane, conoscendo la tenuità del suo stato e volendosi pur sollevare, si propose di supplire alla povertà della sua sorte con la propria assiduità nelli studii; che perciò datosi alla lettura delli autori latini di prima classe, giunse da per sé stesso a quell'erudizione nelle lettere umane, della quale si mostrò poi in ogni privato congresso, ne' circoli e nell'accademie, riccamente adornato, valendosene mirabilmente con ogni qualità di persona, in qualunque materia, morale o scientifica, seria o faceta, che fosse proposta.

In questo tempo si diede ancora ad apprendere la lingua greca, della quale fece acquisto non mediocre, conservandola e servendosene poi opportunamente nelli studii più gravi.

Udì i precetti della logica da un Padre Valombrosano; ma però que' termini dialettici, le tante definizioni e distinzioni, la moltiplicità delli scritti, l'ordine et il progresso della dottrina, tutto riusciva tedioso, di poco frutto e di minor satisfazione al suo esquisito intelletto.

Erano tra tanto i suoi più grati trattenimenti nella musica pratica e nel toccar li tasti e il leuto, nel quale, con l'esempio et insegnamento del padre suo, pervenne a tanta eccellenza, che più volte trovossi a gareggiare co' primi professori di que' tempi in Firenze et in Pisa, essendo in tale strumento ricchissimo d'invenzione, e superando nella gentilezza e grazia del toccarlo il medesimo padre; qual soavità di maniera conservò sempre sino alli ultimi giorni.

Trattenevasi ancora con gran diletto e con mirabil profitto nel disegnare; in che ebbe così gran genio e talento, ch'egli medesimo poi dir soleva agl'amici, che se in quell'età fosse stato in poter suo l'eleggersi professione, avrebbe assolutamente fatto elezione della pittura. Ed in vero fu di poi in lui così naturale e propria l'inclinazione al disegno, et acquistovvi col tempo tale esquisitezza di gusto, che 'l giudizio ch'ei dava delle pitture e disegni veniva preferito a quello de' primi professori da' professori medesimi, come dal Cigoli, dal Bronzino, dal Passignano e dall'Empoli, e da altri famosi pittori de' suoi tempi, amicissimi suoi, i quali bene spesso lo richiedevano del parer suo nell'ordinazione dell'istorie, nella disposizione delle figure, nelle prospettive, nel colorito et in ogn'altra parte concorrente alla perfezione della pittura, riconoscendo nel Galileo intorno a sì nobil arte un gusto così perfetto e grazia sopranaturale, quale in alcun altro, benché professore, non seppero mai ritrovare a gran segno; onde 'l famosissimo Cigoli, reputato dal Galileo il primo pittore de' suoi tempi, attribuiva in gran parte quanto operava di buono alli ottimi documenti del medesimo Galileo, e particolarmente pregiavasi di poter dire che nelle prospettive egli solo era stato il maestro.

Trovandosi dunque il Galileo in età di sedici anni in circa con tali virtuosi ornamenti e con gli studii d'umanità, lingua greca e dialettica, deliberò 'l padre suo di mandarlo a studio a Pisa, quantunque con incomodo della sua casa, ma con ferma speranza ch'un giorno l'averebbe sollevata con la professione della medicina, alla quale egl'intendeva ch'e' s'applicasse, come più atta e spedita a potergli somministrar le comodità necessarie; e raccomandatolo ad un parente mercante ch'egli aveva in quella città, quivi inviollo, dove cominciò gli studii di medicina et insieme della vulgata filosofia peripatetica. Ma il Galileo, che dalla natura fu eletto per disvelare al mondo parte di que' segreti che già per tanti secoli restavano sepolti in una densissima oscurità delle menti umane, fatte schiave del parere e de gl'asserti d'un solo, non poté mai, secondo 'l consueto degl'altri, darsele in preda così alla cieca, come che, essendo egli d'ingegno libero, non gli pareva di dover così facilmente assentire a' soli detti et opinioni delli antichi o moderni scrittori, mentre potevasi col discorso e con sensate esperienze appagar sé medesimo. E perciò nelle dispute di conclusioni naturali fu sempre contrario alli più acerrimi difensori d'ogni detto Aristotelico, acquistandosi nome tra quelli di spirito della contradizione, et in premio delle scoperte verità provocandosi l'odio loro; non potendo soffrire che da un giovanetto studente, e che per ancora, secondo un lor detto volgare, non avea fatto il corso delle scienze, quelle dottrine da lor imbevute, si può dir, con il latte gl'avesser ad esser con nuovi modi e con tanta evidenza rigettate e convinte: averando in ciò quel detto di Orazio:

Stimano infamia il confessar da vecchii

Per falso quel che giovini apprendero.

Continuò di così per tre o quattr'anni, ne' soliti mesi di studio in Pisa, la medicina e filosofia, secondo l'usato stile de' lettori; ma però in tanto da sé stesso diligentemente vedeva l'opere di Aristotele, di Platone e delli altri filosofi antichi, studiando di ben possedere i lor dogmi et opinioni per esaminarle e satisfare principalmente al proprio intelletto.

In questo mentre con la sagacità del suo ingegno inventò quella semplicissima e regolata misura del tempo per mezzo del pendulo, non prima da alcun altro avvertita, pigliando occasione d'osservarla dal moto d'una lampada, mentre era un giorno nel Duomo di Pisa; e facendone esperienze esattissime, si accertò dell'egualità delle sue vibrazioni, e per allora sovvennegli di adattarla all'uso della medicina per la misura della frequenza de' polsi, con stupore e diletto de' medici di que' tempi e come pure oggi si pratica volgarmente: della quale invenzione si valse poi in varie esperienze e misure di tempi e moti, e fu il primo che l'applicasse alle osservazioni celesti, con incredibile acquisto nell'astronomia e geografia.

Di qui s'accorse che gl'effetti della natura, quantunque apparischin minimi et in niun conto osservabili, non devon mai dal filosofo disprezzarsi, ma tutti egualmente e grandemente stimarsi; essendo perciò solito dire che la natura operava molto col poco, e che le sue operazioni eran tutte in pari grado maravigliose.

Tra tanto non aveva mai rivolto l'occhio alle matematiche, come quelle che, per esser quasi affatto smarrite, principalmente in Italia (benché dall'opera e diligenza del Comandino, e del Maurolico etc., in gran parte restaurate), per ancora non avendo pigliato vigore, erano più tosto universalmente in disprezzo; e non sapendo comprendere quel che mai in filosofia si potesse dedurre da figure di triangoli e cerchi, si tratteneva senza stimolo d'applicarvisi. Ma il gran talento e diletto insieme ch'egli aveva, come dissi, nella pittura, prospettiva e musica, et il sentire affermare frequentemente dal padre che tali pratiche avevan l'origin loro dalla geometria, gli mossero desiderio di gustarla, e più volte pregò il padre che volesse introdurvelo; ma questi, per non distorlo dal principale studio di medicina, differiva di compiacerlo, dicendogli che quando avesse terminato i suoi studii in Pisa, poteva applicarvisi a suo talento. Non per ciò si quietava il Galileo; ma vivendo allora un tal Mess. Ostilio Ricci di Fermo, matematico de' SS. paggi di quell'Altezza di Toscana e dipoi lettore delle matematiche nello Studio di Firenze, il quale, come familiarissimo di suo padre, giornalmente frequentava la sua casa, a questo s'accostò, pregandolo instantemente a dichiarargli qualche proposizione d'Euclide, ma però senza saputa del padre. Parve al Ricci di dover saziar così virtuosa brama del giovane, ma volle ben conferirla al Sig.r Vincenzio suo padre, esortandolo a permetter che il Galileo ricevesse questa satisfazione. Cedé il padre all'instanze dell'amico, ma ben gli proibì il palesar questo suo assenso al figliuolo, acciò con più timore continuasse lo studio di medicina. Cominciò dunque il Ricci ad introdurre il Galileo (che già aveva compliti diciannove anni) nelle solite esplicazioni delle definizioni, assiomi e postulati del primo libro delli Elementi; ma questi sentendo preporsi principii tanto chiari et indubitati, e considerando le domande d'Euclide così oneste e concedibili, fece immediatamente concetto che se la fabbrica della geometria veniva alzata sopra tali fondamenti, non poteva esser che fortissima e stabilissima. Ma non sì tosto gustò la maniera del dimostrare, e vedde aperta l'unica strada di pervenire alla cognizione del vero, che si pentì di non essersi molto prima incamminato per quella. Proseguendo 'l Ricci le sue lezzioni, s'accorse il padre che Galileo trascurava la medicina e che più si affezionava alla geometria; e temendo che egli col tempo non abbandonasse quella, che gli poteva arrecar maggior utile e comodità nell'angustie della sua fortuna, lo riprese più volte (fingendo non saperne la cagione), ma sempre in vano, poiché tanto più quegli s'invaghiva della matematica, e dalla medicina totalmente si distraeva; ond'il padre operò che 'l Ricci di quando in quando tralasciasse le sue lezzioni, e finalmente ch'allegando scuse d'impedimenti desistesse affatto dall'opera. Ma accortosi di ciò il Galileo, già che il Ricci non gli aveva per ancora esplicato il primo libro delli Elementi, volle far prova se per sé stesso poteva intenderlo sino alla fine, con desiderio di arrivare almeno alla 47, tanto famosa; e vedendo che gli sortì d'apprendere il tutto felicemente, fattosi d'animo, si propose di voler scorrer qualch'altro libro: e così, ma furtivamente dal padre, andava studiando, con tener gl'Ippocrati e Galeni appresso l'Euclide, per poter con essi prontamente occultarlo quando 'l padre gli fosse sopraggiunto. Finalmente sentendosi traportar dal diletto et acquisto che parevagli d'aver conseguito in poco tempo da tale studio, nel ben discorrere argumentare e concludere, assai più che dalle logiche e filosofie di tutto il tempo passato, giunto al sesto libro d'Euclide, si risolse di far sentire al padre il profitto che per sé stesso aveva fatto nella geometria, pregandolo insieme a non voler deviarlo donde sentivasi traportare dalla propria inclinazione. Udillo 'l padre, e conoscendo dalla di lui perspicacità nell'intendere e maravigliosa abilità nell'inventare varii problemi ch'egli stesso gli proponeva, che 'l giovane era nato per le matematiche, si risolse in fine di compiacerlo.

Tralasciando dunque il Galileo lo studio di medicina, in breve tempo scorse gl'Elementi d'Euclide e l'opere de' geometri di prima classe; er arrivando all'Equiponderanti et al trattato De his quae vehuntur in aqua d'Archimede, sovvennegli un nuovo modo esattissimo di poter scoprire il furto di quell'orefice nella corona d'oro di Hierone : et allora scrisse la fabbrica et uso di quella sua bilancetta, per la quale s'ha cognizione delle gravità in specie di diverse materie e della mistione o lega de' metalli, con molt'altre curiosità appresso; quali, benché poi dal Galileo non sieno state fatte pubbliche con le stampe, parte però furono conferite da lui a quei che se gli facevano amici, e parte vanno intorno in private scritture: onde non è gran fatto s'alcuno l'ha publicate per sue o se ne è valso, mascherandole, come di propria invenzione.

Con questi et altri suoi ingegnosi trovati, e con la sua libera maniera di filosofare e discorrere, cominciò ad acquistar fama d'elevatissimo spirito; e conferendo alcune delle sue speculazioni meccaniche e geometriche con il Sig.r Guidubaldo de' Marchesi dal Monte, gran matematico di quei tempi, che a Pesaro dimorava, acquistò seco per lettere strettissima amicizia, et ad instanza di lui s'applicò alla contemplazione del centro di gravità de' solidi, per supplire a quel che ne aveva già scritto il Comandino; e ne' ventiuno anni di sua età, con due anni soli di studio di geometria, inventò quello ch'in tal materia si vede scritto nell'Appendice impressa alla fine de' suoi Dialogi delle due Nuove

Scienze della meccanica e del moto locale, con gran satisfazione e maraviglia del medesimo Sig.r Guidubaldo, il quale per così acute invenzioni l'esaltò a segno appresso il Ser.mo Gran Duca Ferdinando Primo e l'Eccel.mo Principe Don Giovanni de' Medici, ch'in breve divenne a loro gratissimo e familiare: che perciò vacando nel 1589 la cattedra delle matematiche in Pisa, di proprio moto della medesima Ser.ma Altezza ne fu provvisto, correndo egli l'anno vigesimo sesto dell'età sua.

In questo tempo, parendogli d'apprendere ch'all'investigazione delli effetti naturali necessariamente si richiedesse una vera cognizione della natura del moto, stante quel filosofico e vulgato assioma Ignorato motu ignoratur natura, tutto si diede alla contemplazione di quello: et allora, con gran sconcerto di tutti i filosofi, furono da esso convinte di falsità, per mezzo d'esperienze e con salde dimostrazioni e discorsi, moltissime conclusioni dell'istesso Aristotele intorno alla materia del moto, sin a quel tempo state tenute per chiarissime et indubitabili; come, tra l'altre, che le velocità de' mobili dell'istessa materia, disegualmente gravi, movendosi per un istesso mezzo, non conservano altrimenti la proporzione delle gravità loro, assegnatagli da Aristotele, anzi che si muovon tutti con pari velocità, dimostrando ciò con replicate esperienze, fatte dall'altezza del Campanile di Pisa con l'intervento delli altri lettori e filosofi e di tutta la scolaresca; e che né meno le velocità di un istesso mobile per diversi mezzi ritengono la proporzion reciproca delle resistenze o densità de' medesimi mezzi, inferendolo da manifestissimi assurdi ch'in conseguenza ne seguirebbero contro al senso medesimo.

Sostenne perciò questa cattedra con tanta fama e reputazione appresso gl'intendenti di mente ben affetta e sincera, che molti filosofastri suoi emuli, fomentati da invidia, se gli eccitarono contro; e servendosi di strumento per atterrarlo del giudizio dato da esso sopra una tal macchina, d'invenzione d'un eminente soggetto, proposta per votar la darsina di Livorno, alla quale il Galileo con fondamenti meccanici e con libertà filosofica aveva fatto pronostico di mal evento (come in effetto seguì), seppero con maligne impressioni provocargli l'odio di quel gran personaggio: ond'egli, rivolgendo l'animo suo all'offerte che più volte gl'erano state fatte della cattedra di Padova, che per morte di Gioseppe Moleti stette gran tempo vacante, per consiglio e con l'indirizzo del Sig.r Marchese Guidubaldo s'elesse, con buona grazia del Ser.mo Gran Duca, di mutar clima, avanti che i suoi avversarii avessero a godere del suo precipizio. E così dopo tre anni di lettura in Pisa, ne' 26 di Settembre del 1592, ottenne dalla Ser.ma Republica di Venezia la lettura delle matematiche in Padova per sei anni: nel qual tempo inventò varie macchine in servizio della medesima Republica, con suo grandissimo onore et utile insieme, come dimostrano gl'amplissimi privilegi ottenuti da quella; et a contemplazione de' suoi scolari scrisse allora varii trattati, tra' quali uno di fortificazione, secondo l'uso di quei tempi, uno di gnomonica e prospettiva pratica, un compendio di sfera, et un trattato di meccaniche , che va attorno manuscritto, e che poi nel 1634, tradotto in lingua franzese, fu stampato in Parigi dal Padre Marino Mersennio, e ultimamente nel 1649 publicato in Ravenna dal Cav.r Luca Danesi: trovandosi di tutti questi trattati, e di molti altri, più copie sparse per l'Italia, Germania, Francia, Inghilterra et altrove, trasportatevi da' suoi medesimi discepoli, la maggior parte senza l'inscrizione del suo nome, come fatiche delle quali ei non faceva gran conto, essendo di esse tanto liberale donatore quanto fecondo compositore.

In questi medesimi tempi ritrovò i termometri, cioè quelli strumenti di vetro, con acqua et aria, per distinguer le mutazioni di caldo e freddo e la varietà de' temperamenti de' luoghi; la qual maravigliosa invenzione dal sublime ingegno del gran Ferdinando Secondo, nostro Ser.mo Padron regnante, è stata modernamente ampliata et arricchita con nuovi effetti di molte vaghe curiosità e sottigliezze, quali, coperte con ingegnose apparenze, sono da quelli che ne ignorano le cagioni stimate prestigiose.

Circa l'anno 1597 inventò il suo mirabile compasso geometrico e militare, cominciando sin da quel tempo a fabbricarne gli strumenti et insegnarne l'uso in voce et in scritto a' suoi discepoli, esplicandolo a molti principi e gran signori di diverse nazioni, tra' quali furono l'Ill.mo et Eccel.mo Sig.r Gio. Federigo Principe d'Olsazia, et appresso il Ser.mo Arciduca D. Ferdinando d'Austria, dopo l'Ill.mo et Eccel.mo Sig.r Filippo Langravio d'Assia, Conte di Nidda, et il Ser.mo di Mantova, et altri infiniti, che lungo sarebbe il registrargli qui tutti.

Proseguendo il Galileo le sue private e pubbliche lezzioni con applauso sempre maggiore, li 29 di Ottobre del 1599 fu ricondotto alla medesima lettura per altri sei anni, con augumento di provvisione.

In questo mentre, dimostrandosi con strana e portentosa maraviglia del cielo, nella costellazione del Serpentario, la nuova stella del 1604, fu dal Galileo con tre lunghe e dottissime lezzioni pubblicamente discorso sopra così alta materia; nelle quali intese provare che la nuova stella era fuori della regione elementare et in luogo altissimo sopra tutti i pianeti, contro l'opinione della scuola peripatetica e principalmente del filosofo Cremonino, che allora procurava di sostenere il contrario e di mantenere il cielo del suo Aristotele inalterabile et esente da qualunque accidentaria mutazione.

In questi medesimi tempi fece studio et osservazione particolare sopra la virtù della calamita, e con varie e replicate esperienze trovò modo sicuro di armarne qualunque pezzo, che sostenesse di ferro ottanta e cento volte più che disarmato; alla qual perfezione non si è mai pervenuto da alcun altro a gran segno.

Aveva, come s'è detto, sol per utile e diletto de' suoi discepoli, scritto varii trattati et inventato molti strumenti, tra' quali uno era il sopradetto compasso, non però con pensiero d'esporlo al publico: ma presentendo che altri s'apparecchiava per appropriarsene l'invenzione, scrisse in fretta una general descrizione de' suoi usi, riserbandosi ad altra occasione a darne fuori una più ampla dichiarazione insieme con la sua fabbrica; e nel Giugno del 1606 la diede alle stampe in Padova, con titolo delle Operazioni del Compasso Geometrico e Militare, dedicato al Ser.mo D. Cosimo, allora Principe di Toscana e suo discepolo. Quest'opera fu dopo tradotta in latino da Mattia Berneggero tedesco, e stampata in Argentina nel 1612 insieme con la fabbrica del compasso et con alcune annotazioni, e ristampatavi ancora nel 1635, sì come più volte in Padova et altrove.

Ne' 5 d'Agosto del 1606 fu ricondotto dalla medesima Republica lettor matematico per altri sei anni, con nuovo augumento di provvisione, ch'era poi maggiore della solita darsi a qualunque de' suoi antecessori.

Nel 1607 trovandosi il Galileo fieramente offeso e provocato da un certo Baldassar Capra milanese, che si era allora temerariamente appropriata l'invenzione del suddetto compasso col tradurlo in latino e stamparlo nell'istessa città di Padova in faccia del medesimo autore, con titolo di Usus et fabrica circini cuiusdam proportionis, fu questi necessitato a publicare una sua Difesa in volgare, per evidente dimostrazione di furto così detestabile e vergognoso; difendendosi insieme dalle calunnie et imposture del medesimo Capra, il quale in una sua Considerazione astronomica circa la stella nuova del

1604, stampata già più di due anni avanti, l'aveva acerbamente lacerato, mosso da invidia per l'universale applauso che avevano ricevuto le tre suddette lezzioni del Galileo, fatte sopra la nuova stella. Ma il Capra per mezzo di queste sue abominevoli azzioni ne riportò il dovuto premio d'una perpetua ignominia, poiché dalli Eccel.mi SS. Reformatori dello Studio di Padova, dopo essersi, con rigoroso processo formato contro di quello, assicurati a pieno di tanta temerità, fu comandato supprimersi tutte le copie stampate del libro di detto Capra e proibitone la publicazione, et all'incontro conceduto al Galileo d'esporre alla luce la suddetta Difesa, per ricatto della propria reputazione et oppressione di quella del medesimo Capra.

Non fu già valevole tal Difesa a reprimere l'audacia o la troppa confidenza di alcuni altri d'altre nazioni, i quali, allettati o traportati dalla novità e vaghezza dell'invenzione o dalla mirabil copia e facilità de' suoi usi, non esponessero alle stampe, come interamente lor proprio, questo ingegnoso compasso del Galileo, publicandolo, o con diverse inscrizioni in altra forma ridotto o con nuove linee et ad altri usi ampliato, senza pur far menzione del principale autore di tal strumento; l'operazioni del quale, dove non erano pervenute stampate, si trovavano già molto prima in ogni provincia d'Europa manuscritte, e divulgate da quelli istessi forestieri a' quali in Padova il medesimo Galileo le aveva prodigamente, con altri suoi scritti, comunicate. Ma l'ardire di questi o l'ingratitudine, oltre al farsi palese dalla suddetta Difesa, vien dannata dalla medesima azione, et autenticata dalla gloriosa fama del Galileo, che per l'altre opere et invenzioni di assai maggior maraviglia si è poi saputo acquistare sopra quelli che pochi altri et assai deboli parti col proprio ingegno hanno saputo produrre.

Intorno all'Aprile o al Maggio del 1609 si sparse voce in Venezia, dove allora trovavasi il Galileo, che da un tale Olandese fusse stato presentato al Sig.r Conte Maurizio di Nassau un certo occhiale, co 'l quale gli oggetti lontani apparivano come se fusser vicini, né più oltre fu detto. Con questa sola relazione, tornando subito il Sig.r Galileo a Padova, si pose a specularne la fabbrica, quale immediatamente ritrovò la seguente notte: poiché il giorno appresso, componendo lo strumento nel modo che se lo aveva immaginato, non ostante l'imperfezione de' vetri che poté avere, ne vidde l'effetto desiderato, e subito ne diede conto a Venezia a' suoi amici; e fabbricandosene altro di maggior bontà, sei giorni dopo lo portò quivi, dove sopra le maggiori altezze della città fece vedere et osservare gl'oggetti in varie lontananze a' primi Senatori di quella Republica, con lor infinita maraviglia; e riducendo lo strumento continuamente a maggior perfezione, si risolse finalmente, con la solita prodigalità nel comunicare le sue invenzioni, di far libero dono di questa ancora al Ser.mo Principe o Doge Leonardo Donati et insieme a tutto 'l Senato Veneto, presentando con lo strumento una scrittura nella quale ei dichiarava la fabbrica, gl'usi e le maravigliose conseguenze che in terra e in mare da quello trar si potevano.

In gradimento di così nobil regalo fu immediatamente, con generosa dimostrazione della Ser.ma Republica, ne' 25 d'Agosto del 1609 ricondotto il Sig.r Galileo a vita sua alla medesima lettura, con più che triplicato stipendio del maggiore che fusse solito assegnarsi a' lettori di matematica.

Considerando fratanto il Sig.r Galileo che la facultà del suo nuovo strumento era sol d'appressare et aggrandire in apparenza quelli oggetti i quali senz'altro artifizio, quando possibil fusse accostarglisi, con eguale o maggior distinzione si scorgerebbero, pensò ancora al modo di perfezionar assai più la nostra vista con fargli perfettamente discernere quelle minuzie le quali, benché situate in qualunque breve distanza dall'occhio, gli si rendono impercettibili; et allora inventò i microscopii d'un convesso e di un concavo, et insieme d'uno e di più convessi, applicandogli a scrupolosa osservazione de' minimi componenti delle materie e della mirabile struttura delle parti e membra delli insetti, nella piccolezza de' quali fece con maraviglia vedere la grandezza di Dio e le miracolose operazioni della natura. In tanto, non perdonando né a fatiche né a spese, studiava nella perfezione del primo strumento, detto il telescopio o volgarmente l'occhiale del Galileo; e conseguitala a gran segno, lasciando di rimirar gl'oggetti terreni, si rivolse a contemplazioni più nobili.

E prima, riguardando il corpo lunare, lo scoperse di superficie ineguale, ripieno di cavità e prominenze a guisa della terra. Trovò che la Via Lattea e le nebulose altro non erano ch'una congerie di stelle fisse, che per la loro immensa distanza, o per la lor piccolezza rispetto all'altre, si rendevano impercettibili alla nuda e semplice vista. Vidde sparse per lo cielo altre innumerabili stelle fisse, state incognite all'antichità: e rivolgendosi a Giove con altro migliore strumento, ch'egli s'era nuovamente preparato, l'osservò corteggiato da quattro stelle, che gli s'aggirano intorno per orbi determinati e distinti, con regolati periodi ne' lor moti; e consecrandogli all'immortalità della Ser.ma Casa di V. A., gli diede nome di Stelle o Pianeti Medicei: e tutto questo scoperse in pochi giorni del mese di Gennaio del 1610 secondo lo stile romano, continuando tali osservazioni per tutto 'l Febbraio susseguente; quali tutte manifestò poi al mondo per mezzo del suo Nuncio Sidereo, che nel principio di Marzo pubblicò con le stampe in Venezia, dedicandolo all'augustissimo nome del Ser.mo Don Cosimo, Gran Duca di Toscana.

Queste inaspettate novità publicate dal Nunzio Sidereo, che immediatamente fu ristampato in Germania et in Francia, diedero gran materia di discorsi a' filosofi et astronomi di que' tempi, molti de' quali su 'l principio ebbero gran repugnanza in prestargli fede, e molti temerariamente si sollevarono, altri con scritture private et altri più incauti sin con le stampe , stimando quelle vanità e delirii o finti avvisi del Sig.r Galileo, o pure false apparenze et illusioni de' cristalli; ma in breve gl'uni e gl'altri necessariamente cedettero alle confermazioni de' più savii, all'esperienze et al senso medesimo. Non mancarono già de' così pervicaci et ostinati, e fra questi de' constituiti in grado di publici lettori , tenuti per altro in gran stima, i quali, temendo di commetter sacrilegio contro la deità del loro Aristotele, non vollero cimentarsi all'osservazioni, né pur una volta accostar l'occhio al telescopio; e vivendo in questa lor bestialissima ostinazione, vollero, più tosto che al lor maestro, usar infedeltà alla natura medesima.

Proseguendo col telescopio l'osservazioni celesti, nel principio di Luglio del 1610 scoperse Saturno tricorporeo, dandone avviso ad alcuni matematici di Italia e di Germania et a' suoi amici più cari per mezzo di cifre e caratteri trasposti, che doppo ordinati dal medesimo Sig.r Galileo, a richiesta dell'Imperatore Ridolfo Secondo, dicevano:

Altissimum Planetam tergeminum observavi.

Vidde ancora nella faccia del sole alcuna delle macchie, ma per allora non volle publicare quest'altra novità, che poteva tanto più concitargli l'invidia o persecuzione di molti ostinati Peripatetici (conferendola solo ad alcuno de' suoi più confidenti di Padova e di Venezia e di altrove) , per prima assicurarsene con replicate osservazioni, e poter intanto formar concetto della essenza loro e con qualche probabilità almeno pronunciarne la sua oppinione.

L'avviso di tante e non più udite maraviglie, scoperte in cielo dal Sig.r Galileo nella città di Padova, eccitò nelli animi d'ogni nazione veementissimo desiderio di accertarsene col senso stesso. Ma nel Ser.mo D. Cosimo de' Medici non cedé punto a questa comune curiosità la sua regia munificenza, poi che volle con propria lettera de' 10 Luglio 1610 richiamarlo di Padova al suo servizio con titolo di Primario e Sopraordinario Matematico dello Studio di Pisa, senz'obligo di leggervi o risedervi, e di Primario Filosofo e Matematico della sua Ser.ma Altezza, assegnandogli a vita amplissimo stipendio, proporzionato alla somma generosità di un tanto Principe.

Licenziatosi adunque il Sig.r Galileo dal servizio della Ser.ma Republica, verso la fine d'Agosto se ne venne a Firenze, dove da quelle Ser.me Altezze, da' litterati e dalla nobiltà fiorentina, fu accolto et abbracciato con affetti di ammirazione; e subito si diede a far vedere i nuovi lumi e le nuove maraviglie del cielo, con stupore e diletto universalissimo.

Quivi, del mese di Novembre, nel continuare l'osservazioni che fin d'Ottobre aveva cominciate intorno alla stella di Venere, che parevagli andare crescendo in mole, l'osservò finalmente mutar figure come la luna, propalando quest'altra ammirabile novità tra gl'astronomi e matematici d'Europa con tal anagramma:

Haec immatura a me iam frustra leguntur o, y;

il quale, ad instanza pure del medesimo Imperatore e di molti curiosi filosofi, fu risoluto e deciferato dal Sig.r Galileo nel vero senso così:

Cynthiae figuras aemulatur mater amorum.

Intorno alla fine di Marzo del 1611, desiderato il Sig.r Galileo et aspettato da tutta Roma, quivi si condusse, e nell'Aprile susseguente fece vedere i nuovi spettacoli del cielo a molti SS. Prelati e Cardinali, e particolarmente nel

Giardino Quirinale, presente il Sig.r Card.le Bandini et i Mons.ri Dini, Corsini, Cavalcanti, Strozzi, Agucchia, et altri Signori, dimostrò le macchie solari: e questo fu sei mesi prima delle più antiche osservazioni fatte da un tal finto Apelle , il quale poi vanamente pretese l'anteriorità di questo discoprimento, poi che le sue prime osservazioni non furon fatte prima che del mese d'Ottobre susseguente.

Quivi inoltre, nel mese d'Aprile 1611, gli sortì di incontrare con assai precisione i tempi de' periodici movimenti de' Pianeti Medicei, predicendo per molte notti future le loro costituzioni, e facendole osservare a molti tali quali egli le haveva pronosticate.

Avendo dunque egli solo veduto il primo nel cielo tante e così gran maraviglie, state occulte all'antichità, era ben dovere ch'egli in avvenire con nome di Linceo dovesse chiamarsi; onde allora fu quivi ascritto nella famosissima Accademia de' Lincei, poco avanti instituita dal Sig.r Principe Federigo Cesi, Marchese di Monticelli.

Sopragiungendo l'estate, se ne tornò a Firenze, dove ne' varii congressi de' letterati, che frequentemente si facevano d'avanti al Ser.mo G. Duca Cosimo, fu una volta introdotto discorso sopra il galleggiar in acqua et il sommergersi de' corpi, e tenuto da alcuni che la figura fosse a parte di questo effetto, ma dal Sig.r Galileo sostenuto il contrario; ond'egli, per commessione della medesima Altezza, scrisse quell'erudito Discorso sopra le cose che stanno in acqua e che in quella si muovono, dedicato al suddetto Serenissimo e stampato in Firenze nell'Agosto del 1612: nell'ingresso del qual trattato diede publicamente notizia delle novità delle macchie solari; e poco doppo ristampandosi il medesimo Discorso con alcune addizzioni, nella prima di esse inserì il parer suo circa il luogo, essenza e moto di dette macchie, avvisando inoltre d'aver per mezzo di quelle osservato il primo un moto e revoluzione del corpo solare in sé stesso nel tempo di circa un mese lunare; accidente, benché nuovo in astronomia, eterno nondimeno in natura, a cui perciò il Sig.r Galileo referiva, come a men remoto principio, le cagioni d'effetti e conseguenze maravigliose.

In occasione delle dispute che nacquero in proposito del galleggiare, soleva dire il Sig.r Galileo, non vi esser più sottile né più industriosa maestra dell'ignoranza, poiché per mezzo di quella gl'era sortito di ritrovare molte ingegnose conclusioni e con nuove et esatte esperienze confermarle per satisfare all'ignoranza delli avversarii, alle quali per appagare il proprio intelletto non si sarebbe applicato.

Contro la dottrina di tal Discorso si sollevò tutta la turba peripatetica, et immediatamente si veddero piene le stamperie di opposizioni et apologie, alle quali fu poi nel 1615 abondantemente risposto dal P. D. Benedetto Castelli, matematico allora di Pisa e già discepolo del Sig.r Galileo, a fine di sottrarre il suo maestro da occuparsi in così frivole controversie.

Stava bene il Sig.r Galileo tutto intento a' celesti spettacoli, quando però non veniva interrotto da indisposizioni o malattie che spesso l'assalivano, cagionate da lunghe e continuate vigilie et incomodi che pativa nell'osservare; e trovandosi poco lontano da Firenze nella villa delle Selve del Sig.r Filippo Salviati, amico suo nobilissimo e d'eminentissimo ingegno, quivi fece scrupolosissime osservazioni intorno alle macchie solari: et avendo ricevuto lettera dal Sig.r Marco Velsero, Duumviro d'Augusta, accompagnata con tre del suddetto Apelle sopra l'istesso argumento, ne i 4 di Maggio del 1612 rispose a quella con varie considerazioni sopra le lettere del medesimo Apelle, replicando ancora con altra de' 14 d'Agosto susseguente; e ricevendo dal Sig.r Velsero altre speculazioni e discorsi d'Apelle, scrisse la terza lettera del primo di Dicembre prossimo, sempre confermandosi con nuove e più accurate ragioni ne' suoi concetti: e di qui nacque l'Istoria e Demostrazioni delle Macchie Solari e loro accidenti, che nel 1613 fu publicata in Roma dall'Accademia de' Lincei insieme con le suddette lettere e disquisizioni del finto Apelle, dedicandola al medesimo Sig.r Filippo Salviati, nella villa del quale aveva il Sig.r Galileo osservato e scritto sopra queste apparenze; vedendosi in detta istoria ciò che di vero, o di probabile almeno, è stato detto fin ora sopra argumento così difficile e dubbio

Ma non contento d'aver, con le sue peregrine speculazioni e con tanti nobili scoprimenti, introdotto nuovi raggi di chiarissima luce nelli umani intelletti, illustrando e restaurando insieme la filosofia et astronomia, non prima investigò ne' Pianeti Medicei alcuni lor varii accidenti, che pensò di valersene ancora per universal benefizio delli uomini nella nautica e geografia, sciogliendo perciò quell'ammirando problema per il quale in tutte l'età passate si sono in vano affaticati gl'astronomi e matematici di maggior fama, che è di poter in ogn'ora della notte, in qualunque luogo di mare o terra, graduare le longitudini. Scorgeva bene ch'al conseguimento di ciò si richiedeva un'esatta cognizione de' periodi e moti di quelle stelle, a fine di fabbricarne le tavole e calcular l'efemeridi per predire le loro constituzioni, congiunzioni, eclissi, occultazioni et altri particolari accidenti, da lui solo osservati, e che quella non si poteva ottenere se non dal tempo, con moltissime e puntuali osservazioni: però sin che non gli sortì conseguirla, si astenne di proporre il suo ammirabil trovato; e quantunque in meno di quindici mesi dal primo discoprimento de' Pianeti Medicei arrivasse ad investigare i lor movimenti con notabile aggiustatezza per le future predizioni, volle però con altre più esquisite osservazioni, e più distanti di tempo, emendargli.

Dell'anno adunque 1615 in circa, trovandosi il Sig.r Galileo d'aver conseguito quanto in teorica e in pratica si richiedeva per la sua parte all'effettuazione di così nobile impresa, conferì il tutto al Ser.mo G. Duca Cosimo, suo Signore: il quale, molto ben conoscendo la grandezza del problema e la massima utilità che dall'uso di esso poteva trarsi, volle egli stesso, per mezzo del proprio residente in Madrid, muoverne trattato con la Maestà Cattolica del Re di Spagna, il quale già prometteva grandissimi onori e grossissime recognizioni a chi avesse trovato modo sicuro di navigar per la longitudine con l'istessa o simil facilità che si cammina per latitudine. E desiderando S. A. che tal invenzione, come proporzionata alla grandezza di quella Corona, fosse con pronta resoluzione abbracciata, compiacevasi che il Sig.r Galileo, per facilitare i mezzi per condurla a buon fine, conferisse a S. Maestà un altro suo nuovo trovato, pur di grandissimo uso et acquisto nella navigazione, da S. A. stimatissimo e custodito con segretezza; et era l'invenzione d'un altro differente occhiale, col quale potevasi dalla cima dell'albero o del calcese d'una galera riconoscer da lontano la qualità, numero e forze de' vasselli nemici, assai prima dell'inimico medesimo, con egual prestezza e facilità che con l'occhio libero, guardandosi in un tempo stesso con amendue gl'occhi, e potendosi di più aver notizia della loro lontananza dalla propria galera, et in modo occultar lo strumento sì che altri non ne apprenda la fabbrica. Ma come per lo più accader suole delle nobili e grandi imprese, che quanto sono di maggior conseguenze, tanto maggiori s'incontrano le difficoltà nel trattarle e concluderle, dopo molti anni di negoziato non fu possibile indurre, per varii accidenti, i ministri di quella Corona all'esperienza del cercato artifizio, non ostante ch'il Sig.r Galileo si fosse offerto di trasferirsi personalmente in Lisbona o Siviglia o dove fosse occorso, con provedimento di quanto all'esecuzione di tal impresa si richiedesse, e con larga offerta di instruire ancora i medesimi marinari e quelli che dovevano in nave operare, e di conferire liberamente a chi fosse piaciuto a S. Maestà tutto ciò che s'appartenesse alla proposta invenzione. Svanì dunque il trattato con Spagna, restando però a S. A. S. et al Sig.r Galileo l'intenzion di promuoverlo altra volta in congiunture migliori.

In tanto le tre comete che apparvero nel 1618, et in specie quella che si vedde nel segno di Scorpione, che fu la più conspicua e di più lunga durata, aveva tenuto in continuo esercizio i primi ingegni d'Europa; tra' quali il Sig.r Galileo, con tutto che per una lunga e pericolosa malattia, ch'ebbe in quel tempo, poco potesse osservarla, a richiesta però del Ser.mo Leopoldo Arciduca d'Austria, che trovandosi allora in Firenze volle onorarlo con la propria persona visitandolo sino al letto, vi fece intorno particolar reflessione, conferendo alli amici i suoi sentimenti sopra questa materia: onde il Sig.r Mario Guiducci, uno de' suoi parzialissimi, compilando intorno a ciò l'opinioni delli antichi filosofi e moderni astronomi e le probabili conietture che sovvennero al Sig.r Galileo, scrisse quel dottissimo Discorso delle Comete che fu impresso in Firenze nel 1619, dove reprovando tra l'altre alcune opinioni del Matematico del Collegio Romano , poco avanti promulgate in una disputa astronomica sopra le dette comete, diede con esso occasione a tutte le controversie che nacquero in tal proposito, e di più a tutte le male sodisfazioni che il Sig.r Galileo da quell'ora sino alli ultimi giorni con eterna persecuzione ricevé in ogni sua azione e discorso. Poi che il suddetto Matematico, offendendosi fuor del dovere e contro l'obligo di filosofo che le sue proposizioni non fossero ammesse senz'altro esame per infallibili e vere, o pure anche invidiando alla novità de' concetti così dottamente spiegati nel sopradetto Discorso delle Comete, indi a poco publicò una certa sua Libra astronomica e filosofica, mascherata con finto nome di Lotario Sarsio Sigensano, nella quale trattando con termini poco discreti il Sig.r Mario Guiducci e con molesti punture il Sig.r Galileo, necessitò questo a rispondere col suo Saggiatore, scritto in forma di lettera al Sig.r D. Virginio Cesarini, stampato in Roma nel 1623 dalli Accademici Lincei e dedicato al Sommo Pontefice Urbano Ottavo; per la qual opera chiaramente si scorge, quanto si deva alle persecuzioni delli emuli del Sig.r Galileo, ch'in certo modo sono stati autori di grandissimi acquisti in filosofia, destando in quello concetti altissimi e peregrine speculazioni, delle quali per altro saremmo forse restati privi.

Ben è vero, all'incontro, che le calunnie e contradizioni de' suoi nemici et oppositori, che poi lo tennero quasi sempre angustiato, lo resero ancora assai ritenuto nel perfezionare e dar fuori l'opere sue principali di più maravigliosa dottrina. Che però non prima che dell'anno 1632 publicò il Dialogo de' due Massimi Sistemi Tolemaico e Copernicano, per il soggetto del quale, sin dal principio che andò lettore a Padova, aveva di continuo osservato e filosofato, indottovi particolarmente dal concetto che gli sovvenne per salvare con i supposti moti diurno et annuo, attribuiti alla terra, il flusso e reflusso del mare, mentre era in Venezia; dove insieme col Sig.r Gio. Francesco Sagredo, signore principalissimo di quella Republica, di acutissimo ingegno, e con altri nobili suoi aderenti trovandosi frequentemente a congresso, furono, oltre alle nuove speculazioni promosse dal Sig.r Galileo intorno alli effetti e proporzioni de' moti naturali, severamente discussi i gran problemi della constituzione dell'universo e delle reciprocazioni del mare: intorno al quale accidente egli poi nel 1616, che si trovò in Roma, scrisse ad instanza dell'Emin.mo Card.le Orsino un assai lungo Discorso, che andava in volta privatamente, diretto al medesimo Sig.r Cardinale. Ma presentendo che della dottrina di questo suo trattato, fondata sopra l'assunto del moto della terra, si trovava alcuno che si faceva autore, si risolse di inserirla nella detta opera del Sistema, portando insieme, indeterminatamente per l'una parte e per l'altra, quelle considerazioni che, avanti e dopo i suoi nuovi scoprimenti nel cielo, gl'erano sovvenute in comprobazione dell'opinione Copernicana e le altre solite addursi in difesa della posizione Tolemaica, quali tutte, ad instanza di gran personaggi egli aveva raccolte, et ad imitazione di Platone spiegate in dialogo, introducendo quivi a parlare il suddetto Sig.r Sagredo et il Sig.r Filippo Salviati, soggetti di vivacissimo spirito, d'ingegno libero e suoi carissimi confidenti.

Ma essendosi già il Sig.r Galileo per l'altre sue ammirabili speculazioni con immortal fama sin al cielo inalzato, e con tante novità acquistatosi tra gl'uomini del divino, permesse l'Eterna Providenza ch'ei dimostrasse l'umanità sua con l'errare, mentre nella discussione de' due sistemi si dimostrò più aderente all'ipotesi Copernicana, già dannata da S. Chiesa come repugnante alla Divina Scrittura. Fu perciò il Sig.r Galileo, dopo la publicazione de' suoi Dialogi, chiamato a Roma dalla Congregazione del S. Offizio: dove giunto intorno alli

10 di Febbraio 1632 ab Incarnatione, dalla somma clemenza di quel Tribunale e del Sovrano Pontefice Urbano Ottavo, che già per altro lo conosceva troppo benemerito alla republica de' letterati, fu arrestato nel delizioso palazzo della Trinità de' Monti appresso l'ambasciador di Toscana, et in breve (essendogli dimostrato il suo errore) retrattò, come vero catolico, questa sua opinione; ma in pena gli fu proibito il suo Dialogo, e dopo cinque mesi licenziato di Roma (in tempo che la città di Firenze era infetta di peste), gli fu destinata per arresto, con generosa pietà, l'abitazione del più caro et stimato amico ch'avesse nella città di Siena, che fu Mons.r Arcivescovo Piccolomini: della qual gentilissima conversazione egli godé con tanta quiete e satisfazione dell'animo, che quivi ripigliando i suoi studii trovò e dimostrò gran parte delle conclusioni meccaniche sopra la materia delle resistenze de' solidi, con altre speculazioni; e dopo cinque mesi in circa, cessata affatto la pestilenza nella sua patria, verso il principio di Dicembre del 1633 da S. S.tà gli fu permutata la strettezza di quella casa nella libertà della campagna, da esso tanto gradita: onde tornò alla sua villa d'Arcetri, nella quale egli già abitava più del tempo, come situata in buon'aria et assai comoda alla città di Firenze, e perciò facilmente frequentata dalle visite delli amici e domestici, che sempre gli furono di particolar sollievo e consolazione.

Non fu già possibile che quest'opera del Mondano Sistema non capitasse in paesi oltramontani: e perciò indi a poco in Germania fu tradotta e publicata in latino dal suddetto Mattia Berneggero, e da altri nelle lingue franzesi, inglesi e tedesche; et appresso fu stampato in Olanda, con la versione latina fatta da un tal Sig.r Elia Deodati, famosissimo iurisconsulto di Parigi e grandissimo litterato, un tal Discorso scritto già in volgare dal Sig.r Galileo circa l'anno 1615, in forma di lettera indirizzata a Madama Ser.ma Crestina di Lorena, nel tempo in che si trattava in Roma di dichiarare come erronea l'opinione Copernicana e di proibire il libro dell'istesso Copernico: nel qual Discorso intese il Galileo avvertire, quanto fosse pericoloso il valersi de' luoghi della Sacra Scrittura per l'esplicazione di quelli effetti et conclusioni naturali che poi si possino convincer di falsità con sensate esperienze o con necessarie dimostrazioni. Per l'avviso delle quali traduzioni e nuove publicazioni de' suoi scritti restò il Sig.r Galileo grandemente mortificato, prevedendo l'impossibilità di mai più supprimergli, con molti altri ch'egli diceva trovarsi già sparsi per l'Italia e fuori manuscritti, attenenti pure all'istessa materia, fatti da lui in varie occasioni nel corso di quel tempo in che era vissuto nell'opinione d'Aristarco e del Copernico; la quale ultimamente, per l'autorità della romana censura, egli aveva catolicamente abbandonata.

Per così salutifero benefizio che l'infinita Providenza si compiacque di conferirgli in rimuoverlo d'error così grave, non volle il Sig.r Galileo dimostrarsele ingrato con restar di promuover l'altre invenzioni di altissime conseguenze. Che perciò nel 1636 si risolse di far libera offerta alli Ill.mi et Potentissimi Stati Generali delle Provincie Unite d'Olanda del suo ammirabil trovato per l'uso delle longitudini, col patrocinio del Sig.r Ugon Grozio, ambasciador residente in Parigi per la Maestà della Regina di Svezia, e con l'ardentissimo impiego del suddetto Sig.r Elia Deodati, per le cui mani passò poi tutto il negoziato. Fu dalli Stati avidamente abbracciata sì generosa offerta, e nel progresso del trattato fu gradita con lor umanissima lettera, accompagnata con superba collana d'oro, della quale il Sig.r Galileo non volle per allora adornarsi, supplicando gli Stati a compiacersi che il lor regalo si trattenesse in altre mani sin che l'intrapreso negozio fosse ridotto a suo fine, per non dar materia a' maligni suoi emuli di spacciarlo come espilator de' tesori di gran Signori per mezzo di vane oblazioni e presuntuosi concetti. Gli destinarono ancora, in evento di felice successo, grossissima recognizione. Havevano già deputato per l'esamina et esperienza della proposta quattro Commessarii, principalissimi matematici, esperti in nautica, geografia et astronomia , a' quali poi il Sig.r Galileo conferì liberamente ogni suo pensiero e secreto concernente alla speculativa e pratica del suo trovato, et in oltre ogni suo immaginato artifizio per ridurre, quando fosse occorso, a maggior facilità e sicurezza l'uso del telescopio nelle mediocri agitazioni della nave per l'osservazioni delle Stelle Medicee. Fu da quei Commessarii esaminata e con ammirazione approvata così utile et ingegnosa proposizione. Fu eletto da' medesimi Stati il Sig.r Martino Ortensio, uno de' quattro Commessarii, per transferirsi d'Olanda in Toscana et abboccarsi col Sig.r Galileo, per estrarre ancor di più dalla sua voce tutti quei documenti et instruzioni più particolari circa la teorica e pratica dell'invenzione. Insomma, nella continuazione per più di cinque anni di questo trattato, non fu per l'una parte o per l'altra pretermessa diligenza e resoluzione per venire alla conclusione di tanta impresa. Ma a tanto non concorrendo per ancora il Divino volere, ben si compiacque che il nostro Galileo fosse riconosciuto per primo e solo ritrovatore di questa così bramata invenzione, sì come di tutte le celesti novità e maraviglie, e che per ciò si rendesse immortale e benemerito insieme alla terra, al mare, et quasi dico al cielo stesso; ma volle con varii accidenti impedire l'esecuzione dell'impresa, differendola ad altri tempi, con reprimer intanto il fastoso orgoglio degli uomini, che averebbero per tal mezzo con egual sicurezza passeggiato l'incognite vie dell'oceano come le più cognite della terra. Per lo che, avendo il Sig.r Galileo per lo spazio di ventisette anni sofferto grandissimi incomodi e fatiche per rettificare i moti de' satelliti di Giove, i quali finalmente con somma aggiustatezza egli aveva conseguiti per l'uso delle longitudini; e di più avendo per esattissime osservazioni pochi anni avanti, e prima d'ogn'altro, avvertito col telescopio un nuovo moto o titubazione nel corpo lunare per mezzo delle sue macchie; non permettendo la medesima Providenza Divina che un sol Galileo disvelasse tutti i segreti che forse per esercizio de' futuri viventi ella tiene ascosi nel cielo; nel maggior calore di questo trattato, nell'età di settanta quattro anni in circa, lo visitò con molestissima flussione ne gl'occhi, e dopo alcuni mesi di travagliosa infermità lo privò affatto di quelli, che soli, e dentro minor tempo d'un anno, avevan scoperto, osservato et insegnato vedere nell'universo assai più che non era stato permesso a tutte insieme le viste umane in tutti i secoli trascorsi. Per questo compassionevole accidente fu egli necessitato a consegnar nelle mani del P. D. Vincenzio Renieri suo discepolo, che fu poi Matematico di Pisa, tutti i proprii scritti, osservazioni e calculi intorno a' detti Pianeti, acciò quegli, supplendo alla sua cecità, ne fabbricasse le tavole e l'efemeridi, per donarle poi alli Stati e comunicarle al Sig.r Ortensio, che qua dovea comparire. Ma nello spazio di breve tempo vennero avvisi non solo della morte di questo, ma ancora delli altri tre Commissarii deputati a tal maneggio, a pieno instrutti et assicurati della verità della proposta e della certezza e modo del praticarla. Et finalmente, quando dal Sig.r Ughenio, primo Consigliere e Segretario del Sig.r Principe d'Oranges, e dal Sig.r Borelio, Consigliere e Pensionario della città d'Amsterdam, personaggi di chiarissima fama e litteratura, si procurava incessantemente di riassumere e perfezionare il negoziato con i medesimi Stati; e che il Sig.r Galileo aveva deliberato, con lor consenso, d'inviar colà il P. D. Vincenzio Renieri, come informatissimo d'ogni secreto, con le tavole et efemeridi de' Pianeti Medicei, per conferire il tutto et instruirne chiunque a lor fosse piaciuto; quando, dico, da questi, che già apprendevano la proposta per infallibile e di sicurissimo evento, ciò si trattava con ogni maggior fervore; mancò la vita all'autore di sì grand'invenzione, come dico appresso: e qui si troncò totalmente ogni trattato con gli Stati d'Olanda. Non però qui s'estinse la maligna influenza, ostinatasi ad opprimere con tanti modi, o più tosto a differire, la conclusione d'opera così egregia; poiché nel 1648, quando il suddetto P. Renieri aveva ormai in ordine di publicare (come l'Altezze Lor Ser.me asseriscono d'aver veduto) l'efemeridi con le tavole e canoni per calcolare in ogni tempo le future constituzioni de' Pianeti Medicei, elaborate sugli studii e precetti conferitigli dal Sig.r Galileo e conseguiti da esso nelle vigilie di tanti anni, fu il detto Padre sopragiunto d'improvisa e quasi repentina malattia, per la quale si morì; et in questo accidente fu, non si sa da chi, spogliato il suo studio delle suddette opere già perfezionate e quasi di tutti gli scritti et osservazioni, tanto delle consegnategli dal Sig.r Galileo che delle proprie, sopra questa materia: perdita tanto più deplorabile, quanto che si richiede per resarcirla assai maggior tempo di quel che fu di bisogno al Sig.r Galileo, perspicacissimo osservatore, per ottenere una perfetta cognizione de' periodi e moti di quei Pianeti. Ma differiscasi pure per qualsivoglia accidente la pratica di così nobil trovato, et altri si affatichi di rintracciare con i proprii sudori i movimenti di quelle Stelle, o pur altri, adornandosi delle fatiche del primo discopritore, tenti farsene l'autore per estrarne premii et onori; ché sì come per graduare le longitudini il mezzo de' compagni di Giove è l'unico e solo in natura, e perciò questo solo sarà un giorno praticato da tutti gl'osservatori di terra e mare, così il primato e la gloria dell'invenzione sarà sempre del nostro gran Galileo, autenticata da regni interi e dalle republiche più famose d'Europa, et a lui solo sarà perpetuamente dovuta la correzzione delle carte marine e geografiche e l'esatissima descrizione di tutto 'l globo terrestre.

Aveva già il Sig.r Galileo risoluto di mai più esporre alle stampe alcuna delle sue fatiche, per non provocarsi di nuovo quelli emuli che per sua mala sorte in tutte l'altre opere sue egli aveva sperimentati; ma ben, per dimostrar gratitudine alla natura, voleva comunicar manuscritte quelle che gli restavano a varii personaggi a lui ben affetti et intelligenti delle materie in esse trattate. E perciò avendo eletto in primo luogo il Sig.r Conte di Noailles, principalissimo signor della Francia, quando questi nel 1636 ritornava dall'ambasciata di Roma, gli presentò una copia de' suoi Dialogi o pur Discorsi e Demonstrazioni matematiche intorno a due nuove scienze della meccanica e del moto locale; i fondamenti del quale, insieme con moltissime conclusioni, acquistò sin nel tempo che era in Padova et in Venezia, conferendole a' suoi amici , che si trovarono a varie esperienze ch'egli di continuo faceva intorno all'esamine di molti curiosi problemi e proposizioni naturali. Accettò il Sig.r Conte come gioia inestimabile l'esemplare manuscritto del sig.r Galileo; ma giunto a Parigi, non volendo defraudare il mondo di tanto tesoro, ne fece pervenir copia in mano alli Elsevirii di Leida, i quali subito ne intrapresero l'impressione, che restò terminata nel 1638.

Poco dopo questa inaspettata pubblicazione, concedendomisi l'ingresso nella villa d'Arcetri, dove allor dimorava il sig.r Galileo, acciò quivi io potesse godere de' sapientissimi suoi colloquii e preziosi ammaestramenti, e contentandosi questi che nello studio delle matematiche, alle quali poco avanti mi ero applicato, io ricorresse alla viva sua voce per la soluzione di quei dubbii e difficoltà che per natural fiacchezza del mio ingegno bene spesso incontravo, accadde che nella lettura de' Dialogi sopradetti, arrivando al trattato de' moti locali, dubitai, come pur ad altri era occorso, non già della verità del principio sopra 'l quale è fondata l'intera scienza del moto accelerato, ma della necessità di supporlo come noto; onde io, ricercandolo di più evidenti confermazioni di quel supposto, fui cagione ch'egli nelle vigilie della notte, che allora con gran discapito della vita gli erano familiarissime, ne ritrovò la dimostrazione geometrica, dependente da dottrina da esso pur dimostrata contro ad una conclusione di Pappo (qual si vede nel suo trattato di Meccaniche, stampato dal suddetto P. Mersennio), et a me subito la conferì, sì come ad altri suoi amici ch'eran soliti visitarlo: et alcuni mesi dopo, compiacendosi di tenermi poi di continuo appresso la sua disciplina, per guidarmi, benché cieco come egli era di corpo, d'intelletto però lucidissimo, per il sentiero di quelli studii ch'egli intendeva ch'io proseguisse, imposemi ch'io facesse il disteso di quel teorema, per la difficoltà che gli arrecava la sua cecità nell'esplicarsi dove occorreva usar figure e caratteri; e di questo ne mandò più copie per l'Italia et in Francia alli amici suoi. Per una simil occasione di dubitare mi aveva ancora esplicato una sua considerazione o dimostrazione sopra la 5a e 7a definizione del quinto libro d'Euclide, dettandola a me dopo in dialogo per inserirla in detto suo libro appresso la prima proposizione del moto equabile, quando si fosse ristampato; et è quell'istessa dimostrazione che, a richiesta di V. A. S., fu poi distesa dal Sig.r Evangelista Torricelli, che l'aveva sentita dal medesimo Sig.r Galileo.

Negli 11 di Marzo del 1639 avendo V. A. S. con filosofica curiosità ricercato per lettera il Sig.r Galileo del parer suo circa il libro De lapide Bononiensi del filosofo Liceti, e particolarmente sopra la dottrina del capitolo 50, dove l'autore oppone alla di lui oppinione sopra il candore o luce secondaria della luna, risposele tra pochi giorni, come è noto all'A. V., con dottissima lettera dell'ultimo dell'istesso mese, che cadde nel 1640, procurando per essa di mantener saldi i proprii pensieri con ragioni e conietture vivissime e sottilissime; alla qual lettera poi replicò il suddetto Liceti con assai grosso volume, che egli publicò nel 1642 insieme con detta lettera.

Nel tempo di trenta mesi ch'io vissi di continuo appresso di lui sino alli ultimi giorni della sua vita, essendo egli spessissimo travagliato da acerbissimi dolori nelle membra, che gli toglievano il sonno e 'l riposo, da un perpetuo bruciore nelle palpebre, che gl'era di insopportabil molestia, e dall'altre indisposizioni che seco portava la grave età, defatigata da tanti studii e vigilie de' tempi addietro, non poté mai applicare a disporre in carta l'altre opere che gli restavano già risolute e digerite nella sua mente, ma per ancora non distese, come pur desiderava di fare. Aveva egli concetto (già che i Dialogi delle due Nuove Scienze erano fatti pubblici) di formare due Giornate da aggiugnersi all'altre quattro; e nella prima intendeva inserire, oltre alle due suddette dimostrazioni, molte nuove considerazioni e pensieri sopra varii luoghi delle Giornate già impresse, portando insieme la soluzione di gran numero di problemi naturali di Aristotele e di altri suoi detti et opinioni, con discoprirvi manifeste fallacie, et in specie nel trattato De incessu animalium; e finalmente nell'ultima Giornata promuovere un'altra nuova scienza, trattando con progresso geometrico della mirabil forza della percossa, dove egli stesso diceva d'aver scoperto e poter dimostrare acutissime e recondite conclusioni, che superavano di gran lunga tutte l'altre sue speculazioni già pubblicate. Ma nell'applicazione a così vasti disegni, sopragiunto da lentissima febbre e da palpitazione di quore, dopo due mesi di malattia che a poco a poco gli consumava gli spiriti, il mercoledì dell'8 di Gennaio del 1641 ab Incarnatione, a hore quattro di notte, in età di settantasette anni, mesi dieci e giorni venti, con filosofica e cristiana constanza rese l'anima al suo Creatore, inviandosi questa, per quanto creder ne giova, a godere e rimirar più d'appresso quelle eterne et immutabili maraviglie, che per mezzo di fragile artifizio con tanta avidità et impazienza ella aveva procurato di avvicinare agl'occhi di noi mortali.

D'inestimabil pregiudizio all'università de' litterati et al mondo tutto fu questa perdita inconsolabile, che ci privò non solo della miniera fecondissima del discorso d'un tanto filosofo, che già per inviolabil decreto di natura dovea mancare, ma più dell'oro purissimo delle speculazioni, estratto già e conservato nella sua lucidissima mente, forsi senza speranza di mai più recuperarlo per opera di alcun altro. Di queste rimasero solo appresso il figliuolo e nipoti alcuni pochi fragmenti per introdursi nella contemplazione della forza della percossa, con la suddetta dimostrazione del principio della scienza del moto accelerato, e con l'altra della 5a e 7a definizione del quinto libro d'Euclide.

Il corpo suo fu condotto dalla villa d'Arcetri in Firenze, e per commessione del nostro Ser.mo Gran Duca fatto separatamente custodire nel tempio di S. Croce, dove è l'antica sepoltura della nobil famiglia de' Galilei, con pensiero d'ereggergli augusto e suntuoso deposito in luogo più conspicuo di detta chiesa, e così, non meno ch'in vita, generosamente onorar dopo morte l'immortal fama del secondo fiorentino Amerigo, non già discopritore di poca terra, ma d'innumerabili globi e nuovi lumi celesti, dimostrati sotto i felicissimi auspicii della Ser.ma Casa di V. A.

Fu il sig.r Galileo di gioviale e giocondo aspetto, massime in sua vecchiezza, di corporatura quadrata, di giusta statura, di complessione per natura sanguigna, flemmatica et assai forte, ma per fatiche e travagli, sì dell'animo come del corpo, accidentalmente debilitata, onde spesso riducevasi in stato di languidezza. Fu esposto a molti mali accidenti et affetti ipocondriaci e più volte assalito da gravi e pericolose malattie, cagionate in gran parte da' continui disagi e vigilie nell'osservazioni celesti, per le quali bene spesso impiegava le notti intere. Fu travagliato per più di 48 anni della sua età, sino all'ultimo della vita, da acutissimi dolori e punture, che acerbamente lo molestavano nelle mutazioni de' tempi in diversi luoghi della persona, originate in lui dall'essersi ritrovato, insieme con due nobili amici suoi, ne' caldi ardentissimi d'una estate in una villa del contado di Padova, dove postisi a riposo in una stanza assai fresca, per fuggir l'ore più noiose del giorno, e quivi addormentatisi tutti, fu inavvertentemente da un servo aperta una finestra, per la quale solevasi, sol per delizia, sprigionare un perpetuo vento artifizioso, generato da moti e cadute d'acque che quivi appresso scorrevano. Questo vento, per esser fresco et umido di soverchio, trovando i corpi loro assai alleggeriti di vestimenti, nel tempo di due ore che riposarono, introdusse pian piano in loro così mala qualità per le membra, che svegliandosi, chi con torpedine e rigori per la vita e chi con dolori intensissimi nella testa e con altri accidenti, tutti caddero in gravissime infermità, per le quali uno de' compagni in pochi giorni se ne morì, l'altro perdé l'udito e non visse gran tempo, et il Sig.r Galileo ne cavò la sopradetta indisposizione, della quale mai poté liberarsi.

Non provò maggior sollievo nelle passioni dell'animo, né miglior preservativo della sanità, che nel godere dell'aria aperta; e perciò, dal suo ritorno di Padova, abitò quasi sempre lontano dalli strepiti della città di Firenze, per le ville d'amici o in alcune ville vicine di Bellosguardo o d'Arcetri: dove con tanto maggior satisfazione ei dimorava, quanto che gli pareva che la città in certo modo fosse la prigione delli ingegni speculativi, e che la libertà della campagna fosse il libro della natura, sempre aperto a chi con gl'occhi dell'intelletto gustava di leggerlo e di studiarlo; dicendo che i caratteri con che era scritto erano le proposizioni, figure e conclusioni geometriche, per il cui solo mezzo potevasi penetrare alcuno delli infiniti misterii dell'istessa natura. Era perciò provvisto di pochissimi libri, ma questi de' migliori e di prima classe: lodava ben sì il vedere quanto in filosofia e geometria era stato scritto di buono, per dilucidare e svegliar la mente a simili e più alte speculazioni; ma ben diceva che le principali porte per introdursi nel ricchissimo erario della natural filosofia erano l'osservazioni e l'esperienze, che, per mezzo delle chiavi de' sensi, da i più nobili e curiosi intelletti si potevano aprire.

Quantunque le piacesse la quiete e la solitudine della villa, amò però sempre d'avere il commercio di virtuosi e d'amici, da' quali era giornalmente visitato e con delizie e regali sempre onorato. Con questi piacevagli trovarsi spesso a conviti, e, con tutto fosse parchissimo e moderato, volentieri si rallegrava; e particolarmente premeva nell'esquisitezza e varietà de' vini d'ogni paese, de' quali era tenuto continuamente provvisto dall'istessa cantina del Ser.mo Gran Duca e d'altrove: e tale era il diletto ch'egli aveva nella delicatezza de' vini e dell'uve, e nel modo di custodire le viti, ch'egli stesso di propria mano le potava e legava nelli orti delle sue ville, con osservazione, diligenza e industria più che ordinaria; et in ogni tempo si dilettò grandemente dell'agricoltura, che gli serviva insieme di passatempo e di occasione di filosofare intorno al nutrirsi e al vegetar delle piante, sopra la virtù prolifica de' semi, e sopra l'altre ammirabili operazioni del Divino Artefice.

Ebbe assai più in odio l'avarizia che la prodigalità. Non rispiarmò a spesa alcuna in far varie prove et osservazioni per conseguir notizie di nuove et ammirabili conseguenze. Spese liberalmente in sollevar i depressi, in ricevere et onorare forestieri, in somministrar le comodità necessarie a poveri, eccellenti in qualch'arte o professione, mantenendogli in casa propria finché gli provvedesse di convenevol trattenimento. E tra quei ch'egli accolse, tralasciando di nominar molti giovani fiamminghi, tedeschi e d'altrove, professori di pittura o scultura e di altro nobil esercizio, o esperti nelle matematiche o in altro genere di scienza, farò solo particolar menzione di quegli che fu l'ultimo in tempo, e in qualità forse il primo, e che già discepolo del P. D. Benedetto Castelli, ormai fatto maestro, fu dal medesimo Padre inviato e raccomandato al Sig.r Galileo, affinché questi gustasse d'aver appresso di sé un geometra eminentissimo, e quegli, allora in disgrazia della fortuna, godesse della compagnia e protezione d'un Galileo. Parlo del Sig.r Evangelista Torricelli, giovane d'integerrimi costumi e di dolcissima conversazione, accolto in casa, accarezzato e provvisionato dal Sig.r Galileo, con scambievol diletto di dottissime conferenze. Ma la congiunzione in terra di due lumi sì grandi ben esser quasi momentanea dovea, mentre tali son le celesti. Con questi non visse il Sig.r Galileo più che tre mesi; morì ben consolato di veder comparso al mondo, e per suo mezzo approssimato a' benigni influssi della Ser.ma Casa di V. A., così riguardevol soggetto. Et il Padre Castelli conseguì ancora l'intento: giaché, mancato il Sig.r Galileo, essendo, a persuasione del Sig.r Senatore Andrea Arrighetti, anch'esso discepolo del Sig.r Galileo, trattenuto in Firenze il Sig.r Torricelli, fu questo da V. A. S. (con l'ereditario instinto di protegere e sollevare i possessori d'ogni scienza e per la particolar affezzione e natural talento alle matematiche) favorito appresso il Ser.mo nostro G. Duca, e da questo onorato col glorioso titolo di suo Filosofo et Matematico, e con regia liberalità invitato a pubblicar quella parte dell'opere sue che l'ànno reso immortale, et altra prepararne di maraviglia maggiore, che, prevenuto da invidiosa e immatura morte, lasciò imperfetta, ma, postuma e bramata sin d'oltre a' monti, spera tra poco la luce.

Non fu il Sig.r Galileo ambizioso delli onori del volgo, ma ben di quella gloria che dal volgo differenziar lo poteva. La modestia gli fu sempre compagna; in lui mai si conobbe vanagloria o iattanza. Nelle sue avversità fu constantissimo, e soffrì coraggiosamente le persecuzioni delli emuli. Muovevasi facilmente all'ira, ma più facilmente si placava. Fu nelle conversazioni universalmente amabilissimo, poiché discorrendo sul serio era ricchissimo di sentenze e concetti gravi, e ne' discorsi piacevoli l'arguzie et i sali non gli mancavano. L'eloquenza poi et espressiva ch'egli ebbe nell'esplicare l'altrui dottrine o le proprie speculazioni, troppo si manifesta ne' suoi scritti e componimenti per impareggiabile e, per così dire, sopraumana.

Fu dotato dalla natura d'esquisita memoria; e gustando in estremo la poesia, aveva a mente, tra gl'autori latini, gran parte di Vergilio, d'Ovidio, Orazio e di Seneca, e tra i toscani quasi tutto 'l Petrarca, tutte le rime del Berni, e poco meno che tutto il poema di Lodovico Ariosto, che fu sempre il suo autor favorito e celebrato sopra gl'altri poeti, avendogli intorno fatte particolari osservazioni e paralleli col Tasso sopra moltissimi luoghi. Questa fatica gli fu domandata più volte con grandissima instanza da amico suo, mentre era in Pisa, e credo fusse il Sig.r Iacopo Mazzoni, al quale finalmente la diede, ma poi non poté mai recuperarla, dolendosi alcuna volta con sentimento della perdita di tale studio, nel quale egli stesso diceva aver avuto qualche compiacenza et diletto. Parlava dell'Ariosto con varie sentenze di stima e d'ammirazione; et essendo ricercato del suo parere sopra i due poemi dell'Ariosto e del Tasso, sfuggiva prima le comparazioni, come odiose, ma poi, necessitato a rispondere, diceva che gli pareva più bello il Tasso, ma che gli piaceva più l'Ariosto, soggiugnendo che quel diceva parole, e questi cose. E quand'altri gli celebrava la chiarezza et evidenza nell'opere sue, rispondeva con modestia, che se tal parte in quelle si ritrovava, la riconosceva totalmente dalle replicate letture di quel poema, scorgendo in esso una prerogativa solo propria del buono, cioè che quante volte lo rileggeva, sempre maggiori vi scopriva le maraviglie e le perfezioni; confermando ciò con due versi di Dante, ridotti a suo senso:

Io non lo lessi tante volte ancora,

Ch'io non trovasse in lui nuova bellezza.

Compose varie poesie in stil grave et in burlesco, molto stimate da' professori.

Intese mirabilmente la teorica della musica, e ne diede evidente saggio nella prima Giornata delli ultimi Dialogi sopradetti.

Oltre al diletto ch'egli aveva nella pittura, ebbe ancora perfetto gusto nell'opere di scultura et architettura et in tutte l'arti subalternate al disegno.

Rinovò nella patria, e si può dire nell'Italia, le matematiche e la vera filosofia; e questo non solo con le pubbliche e private lezzioni nelle città di Pisa, Padova, Venezia, Roma e Firenze, ma ancora con le continue dispute che ne' congressi avanti di lui si facevano, instruendo particolarmente moltissimi curiosi ingegni e gran numero di gentiluomini, con lor notabili acquisti. Et in vero il Sig.r Galileo ebbe dalla natura così maravigliosa abilità d'erudire, che gli stessi scolari facevan in breve tempo conoscer la grandezza del loro maestro .

Alle publiche sue lezzioni di matematica interveniva così gran numero d'uditori, che vive ancor oggi in Padova la memoria, autenticata da soggetto di singolarissima fama e dottrina, stato già quivi scolare del Sig.r Galileo, che egli fu necessitato (e tali son le parole di Mons.r Vescovo Barisone) d'uscire della scuola destinata alla sua lettura et andare a leggere nella scuola grande delli artisti, capace di mille persone, e non bastando questa, andare nella scuola grande de' legisti, maggiore il doppio, e che spesse volte questa ancora era pienissima; al qual concorso et applauso niun altro lettore in quello Studio (ancorché di professione diversa dalla sua, e perciò dall'universale più abbracciata) è mai giunto a gran via. Accrescevasi questo grido dal talento sopranaturale ch'egl'ebbe nell'esaltar le facultà matematiche sopra tutte l'altre scienze, dimostrando con assai ricca et maestosa maniera le più belle e curiose conclusioni che trar si possino dalla geometria, esplicandole con maravigliosa facilità, con utile e diletto insieme delli ascoltanti. E per chiara confermazione di ciò si consideri la qualità de' personaggi che in Padova gli voller esser discepoli; e tralasciando tanti Principi e gran Signori italiani, franzesi, fiaminghi, boemi, transilvani, inglesi, scozzesi e d'ogn'altra nazione, sovviemmi aver inteso ch'il gran Gustavo re di Svezia, che fu poi fulmine della guerra, nel viaggio che da giovane fece incognito per l'Italia, giunto a Padova vi si fermò con la sua comitiva per molti mesi, trattenutovi principalmente dalle nuove e peregrine speculazioni e curiosissimi problemi che giornalmente venivano promossi e risoluti dal Sig.r Galileo nelle pubbliche lezzioni e ne' particolari congressi, con ammirazione de' circostanti; e volle nell'istessa casa di lui (con l'interesse d'esercitarsi insieme nelle vaghezze della lingua toscana) sentire l'esplicazione della sfera, le fortificazioni, la prospettiva e l'uso di alcuni strumenti geometrici e militari, con applicazione et assiduità di vero discepolo, discoprendogli in fine con amplissimi doni quella regia maestà ch'egli s'era proposto di occultare.

Fuori di Padova poi, nel tempo delle vacanze di Studio, e prima nell'estate del 1605, il Ser.mo D. Cosimo, allora Principe di Toscana, volle pur sentire l'esplicazione del suo Compasso, continuando poi il Sig.r Galileo per molti anni in quella stagione ad instruire nelle matematiche il medesimo Serenissimo, mentre già era Gran Duca, e con l'Altezza Sua gl'altri Ser.mi Principi D. Francesco e D. Lorenzo.

Tra i professori di matematica suoi discepoli, ne usciron cinque famosi lettori publici di Roma, Pisa e Bologna . A questi soleva dire ch'eglino con maggior ragione dovevano render grazie a Dio et alla natura, che gl'avesse dotati d'un privilegio sol conceduto a quei della lor professione, che era di potere con sicurezza giudicar del talento et abilità di quelli uomini i quali, applicati alla geometria, si facevano loro uditori; poi che la pietra lavagna, sopra la quale si disegnano le figure geometriche, era la pietra del paragone delli ingegni, e quelli che non riuscivano a tal cimento si potevano licenziare non solo come inetti al filosofare, ma com'inabili ancora a qualunque maneggio o esercizio nella vita civile.

Quanto queste virtuose doti et eminenti prerogative, ch'in eccesso risplenderono nel Sig.r Galileo, fossero in ogni tempo conosciute et ammirate dal mondo con evidenti dimostrazioni di stima, scorgesi dalli amplissimi onori di richieste e regali fattigli in varie occasioni da i più insigni litterati d'Europa, da i Ser.mi Duchi di Parma, Baviera, Mantova e Modena, da i Ser.mi Arciduchi d'Austria Leopoldo e Carlo, da tanti Ill.mi et Emin.mi Prelati e Cardinali, dalle Ser.me e Potentiss.me Republiche di Venezia e d'Olanda, dalli invittissimi Re Vladislao di Pollonia e Gustavo di Svezia, dalla Maestà Catolica del Re di Spagna e dalli Augustissimi Imperadori Ridolfo, Mattia e Ferdinando, e da tanti altri Signori, Principi e Potentati. Scorgesi dalle lettere con le quali molti di questi a lui ricorrevano come ad oracolo, ricercandolo del parer suo intorno alle novità de' celesti discoprimenti e loro conseguenze, sopra varii effetti naturali e sopra conclusioni o dubbii filosofici, astronomici o geometrici: che se così fosse facile il far raccolta delle sue ingegnose risposte come si può dell'altrui proposte, certo è che si accumulerebbe un tesoro di inestimabil valore, per la novità delle dottrine e per la sodezza di quei concetti di che ell'eran sempre feconde. Scorgesi in fine dalla stima e venerazione in che fu tenuto dal mondo tutto, poi che niun litterato di qualche fama, niun signore o principe forestiero, passò per Padova o per Firenze, che non procurasse di visitarlo in città o nella villa, dove egli fosse; et allora stimavano d'aver bene spesi i lor lunghi viaggi, quando, tornando alle patrie loro, potevano dire d'aver conosciuto un tant'uomo et avuto seco discorso: e a imitazione di quei nobili che fin dall'ultime regioni d'Europa si portavano a Roma sol per vedere il famoso Livio, quando per altro le grandezze di quella Republica trionfante non ve gli averebber condotti, quanti gran personaggi e signori da remote provincie a posta intrapresero per l'Italia il cammino per veder un sol Galileo!

Ma non potendo registrar qui tutti i segni di benevolenza e di stima con i quali fu questo sempre gradito et ammirato da' grandi, epilogando tutte le di lui glorie in quest'unica e singolare, sovvenga all'A. V. che trovandosi egli nell'anno 1638 aggravato da malattia nella sua abitazione di Firenze, l'istesso Ser.mo Gran Duca di Toscana oggi felicemente regnante, insieme con V. A. S., lo visitò sino al letto, porgendogli di propria mano soavissimi ristorativi, con dimorarvi sopra due ore; gustando, come sapientissimo Principe, di coltivar le sue nobili e curiose speculazioni con la conferenza e discorso del suo primario Filosofo. Esempio in vero di singolare affezzione verso un proprio vassallo, per il quale non men risplende un'eminente virtù in chi conferisce, che in chi riceve, onore sì glorioso.

Di simili visite fu ancor prima e dopo, come è ben noto all'A. V. S., più e più volte onorato dal medesimo Ser.mo Gran Duca e da lor altri Ser.mi Principi, che, a posta movendosi di Firenze o dalla Villa Imperiale, si trasferivano in Arcetri, per godere della sapientissima erudizione di quel buon Vecchio, o per consolarlo nell'angustie dell'animo e nella sua compassionevole cecità.

Dicalo l'A. V. S., che più frequentemente delli altri si compiacque onorarlo con la maestà della sua presenza, in tempo in che ella, mirabilmente avanzandosi nelle scienze matematiche, dilettavasi comunicar seco quei pensieri che nello studio dell'opere di lui le sovvenivano, dando allora materia al gran Galileo di far quel giudizio ch'in oggi, vivendo, goderebbe vedere a pieno verificato; mentre egli a me più volte con stupore affermava di non aver mai incontrato, fra tanti suoi uditori, chi più di V. A. gli avesse dimostrato prontezza d'ingegno e maturità di discorso, da sperarne maravigliosi progressi non tanto nelle matematiche quanto nelle filosofiche discipline, e conseguentemente, secondo la di lui regola sopradetta, nelli affari importanti.

Questo per ora è sovvenuto alla sterilità della mia memoria intorno a soggetto così fecondo, e tanto ho potuto raccogliere d'altrove, in tempo assai scarso, delle più antiche notizie, e privo della maggior parte delli amici più vecchi di quel grand'uomo, che mi potevano somministrare maggior numero di virtuosi detti e memorabili azioni che risplenderono nel corso della sua vita. Compiacciasi non di meno l'A. V. S.ma di gradire per ora questa dovuta dimostrazione d'obbedienza et ossequio, con il quale io mi rassegno

Di casa, li 29 Aprile 1654.

Di V. A. Ser.ma   Umiliss.mo e Devotiss.mo Servo Oblig.mo

Vincenzio Viviani.

AL SERENISSIMO PRINCIPE DI TOSCANA, FORMAZIONE, E MISURA DI
TUTTI I CIELI

CON LA STRUTTURA, E QUADRATURA ESATTA DELL'INTERO, E
DELLE PARTI DI UN NUOUO CIELO AMMIRABILE, E DI UNO DEGLI
ANTICHI DELLE VOLTE REGOLARI DEGLI ARCHITETTI.

CURIOSA ESERCITAZIONE MATEMATICA DI V. V., ULTIMO SCOLARE
DEL GALILEO

AL SERENISSIMO

PRINCIPE

DI TOSCANA

FORMAZIONE, E MISURA

DI TUTTI I CIELI

Con la struttura, e quadratura esatta dell'intero, e delle parti

di un nuovo Cielo ammirabile, e di uno degli antichi

delle Volte regolari degli Architetti.

Curiosa

ESERCITAZIONE MATEMATICA

DI V[INCENZO] V[IVIANI]

Ultimo Scolare del Galileo

Accademico Fiorentino

Il Rinvigorito Accademico della Crusca.

Hae sunt Exercitationes ingenii, haec curricula mentis.

Cicero de Senec.

Cave tamen ne excidant haec umquam in aures Hominum disciplinae, erudi-

tionesque expertium; nulla enim horum sunt, quae dicta ad Populum magis

ridicula videantur; nec quae, apud Doctos prolata, magis mirabilia, ac divina.

Plato in Epist. 1. ad Dionys. Siciliae Tyr.

SERENISSIMO P R I N C I P E

L'Aggradimento benigno, che l'A. V. SERENISSIMA dimostrò nell'esplicazione da me fattale a' mesi addietro di quel mio nuovo curioso Enimma Geometrico intorno all'artifizio di formare, e quadrare il Cielo di quella Tribuna aperta, o Volta a Vela ammirabile cavata da un Emisfero, e l'eroica generosità, con cui, ad emulazione de' suoi Maggiori, favorisce, e protegge i Cultori delle Arti, e delle Scienze più nobili, ed in specie gl'Indagatori delle Verità Matematiche, per la venerazione alle quali V. A. S. più volte m'ha stimolato a pubblicar qualche parte di quelle, che ne' miei primi studj io vi ritrovai, mi da coraggio adesso, coll'obbedirla, di manifestarmi l'Autore dello stesso Enimma; di propalar, col suo scioglimento, quello ancora di alcuni altri di simigliante natura, anch'essi curiosi, e nuovi; e di francheggiargli col suo Serenissimo Nome.

Ne sarà questa mia elezione sottoposta a censura, conciossiecosachè, trattando io qui di Edifizzj i più riguardevoli, e sontuosi, che la Pietà, la Magnificenza, e la Splendidezza de' Potenti Signori suol consacrare al culto Divino, od ereggere, e destinare all'Eternità per comodo pubblico, od in uso proprio; e pretendendo eziandio di assegnar le vere, e le giuste misure in piano delle lor superficie curve solite ornarsi o con vaghe Pitture, o con preziosi Musaici di Artefici i più eccellenti; io non mi poteva queste mie prime antiche scoperte giustamente ad altri indirizzare, che alla SERENISSIMA ALTEZZA VOSTRA, la quale delle più insigni Architetture, Pitture, e Sculture è Giudice così esquisito, ed insieme è tanto Amator del vero, del giusto, e del retto.

Oltrechè, avendo l'A. V. fatto pubblico il primo di questi Problemi, per eccitare gli Analisti famosi, che in oggi illustrano il Secolo, a queste, e ad altre contemplazioni più peregrine; e stimando ancor'io convenirsi alla cognizione, che ho della mia povertà, rispetto alla ricchezza di quegli, il non tardar più, col palesamento delle presenti mie soluzioni, a dichiararmi di nuovo, ch'io non pretesi di provocare in ciò, ne di chiamar, come dir si suole, alcuno a duello; il che mi fu sempre odiosissimo; ma sol di vedere la moltiplicità delle vie diverse, per le quali sarebbero tutti pervenuti a scoprire uno stesso, e così bel Vero Geometrico; di qui è, che, per conseguire da essi la riconoscenza di tal mio rispettoso fine, all'A. V. ben noto, io v'interesso la sua potente Tutela.

Aggiugnesi, che, per le costruzioni manifestanti le prove, opportune allo scioglimento di tai Problemi, si richieda precisamente l'industria, benchè immaginaria; con cui, in realtà, l'A. V. già seppe, fra' suoi giovenili diporti, uguagliare quelle de' moderni pretesi Dedali, e Teodori, col vivamente esprimer nel duro di propria mano, a' suoi ingegnosissimi Torni; e caratteri, e Volti Umani, ed altre più difficultose figure; sì di lui basso, che d'intero rilievo, con istupore di chi ebbe la fortuna, e l'onore di rimirarle.

Spero per tanto, che l'A. V. S. non isdegnerà di accettare questo piccolo saggio di quel grande, ed astruso, che ben V. A. ravvisa potersi estrarre da queste poche, ma feconde speculazioni. E all'A. V. S. profondissimamente m'inchino.

DI FIRENZE. 24 aprile 1692.

Di Firenze, I. Maggio 1692.

A gli Esperti Tornitori Geometri, e Valorosi Analisti

GRAZIA DIVINA,

Amore al Vero, e Dono dell'Inventiva

L'Ultimo Scolare del Galileo

V. V.

FRA le proprietà più recondite scoperteci nell'esame del Quanto dagli occhi speculativi degli antichi Geometri, stupendissima, al parer mio, fu quella, che vide già il perspicacissimo degl'ingegni Italiani, il Principe nostro Archimede, col dimostrare la superficie curva della Sfera, o Globo, esser quattro volte tanto il suo cerchio massimo. Ed in vero, il ricercare, e poi trovar maniera di distendere in piano una tal superficie curva, la quale, quantunque non sia infinita, non ha, per così dire, principio, ne fine, o se pur ha l'uno, e l'altro, ne ha infiniti, e sì da infiniti termini è contenuta, fu impresa da intraprendersi, e condursi a fine sol da quell'Uomo quasi divino, il quale veddesi poi averne fatto così gran conto, che, disprezzando ogni altra delle proprie arduissime speculazioni, si elesse, come in trofeo più memorabile, e degno de' suoi trionfi, le figure d'una Sfera, e di un Cilindro da scolpirsi evidenti ne' marmi del suo Sepolcro, comecchè, di quella inscritta, e di questo circoscrittole, egli avesse provato le superficie curve esser fra loro uguali, e riducibili ad un piano d'un cerchio, se non di nota quadratura, almen di nota grandezza.

Ora io, fin ne' miei primi studij in età di ventiquattro anni, riflettendo a questa singolarità di passione della Sfera, e vedendo esser già trapassati quasi 18 secoli, senza che da niuno dopo quello ci fosse stata distesa in piano altra superficie curva, mi feci quore di pormi ad indagare qualche altra via, a così belli, ed utili scoprimenti più maestra, ed universale di quella battuta già da Archimede; e su la traccia delle più diritte additate prima dal gran Galileo, ma da poi ampliate dagli altri due fecondi Ingegni Italiani, del Cavalieri, e del Torricelli; e coll'albore, benchè offuscato, scortone da lontano altrove, mi sortì vederne alcune altre, per le quali ostinatamente seguendo 'l cammino, giunsi in fine al mio intento, e trapassailo ancor più la conciossiecosachè, non solamente trovai ripiego di spianar in figura per ancor non stata quadrata con precisa costruzione geometrica (quale si è il cerchio) un infinito numero d'altre curve superficie (cosa di poi per altre guise intrapresa da altri) ma di più, senza ne meno interessarvi Archimede, mi si aperse l'adito di poterne molte, anzi pur infinite, ridurre, e convertire in piani di vera, esatta, e geometrica quadratura: il che io non so se alcuno mai pensasse di fare, non che abbia fatto.

Adesso, nell'età mia de' 70 compiti, dopo che le contingenze frequenti di dovermi assiduamente occupare ne' ministerij, de' quali fui onorato dal mio SIGNORE, han quasi per un mezzo secolo intero tenuta la mente mia alienata dal coltivar di proposito le Matematiche speculazioni, e che i malori del corpo, acquistati nelle Campagne, m'anno obbligato da due anni in quà pel più del tempo a guardar, o il letto, o la Casa, per non passarlo del tutto in ozio a me nimicissimo, fra que' miei antichi lavori geometrici, che per li benigni impulsi datimene da questo SERENISSIMO SIG. ho preso a riordinare, ho fatta scelta de' seguenti Problemi così curiosi, e tanto facili a praticarsi, che già mi par di veder, che ve ne ridiate; essendochè ciascun di Voi Esperti Tornitori Geometri, non che Valorosi Analisti, co' vostri scarpelli, e co' trapani, o co' succhielli, appena intesigli ne saprete cavar le mani; se non vi parrà fatica di prima tornire, e poi traforar certi solidi colle regole speditissime, ch'io son per darvi, spettanti alle loro costruzioni; dalla notizia delle quali, e da quant'altro v'indicherò ben presto ne troverete anche a Voi stessi le proprie, o necessarie dimostrazioni; e Voi massimamente Signori d'oltre a' Monti; i quali, un tempo fa, colle vostre nuove, e stupende Invenzioni palesaste al Mondo d'aver Arti da scioglier nodi assai più di questi intrigati.

Il primo di questi Problemi, è quello stesso Enimma, che il mese passato uscì fuori sotto nome di D. Pio Lisci Pusillo Geometra, Anagramma di Postremo Galilei Discipulo, che tale, per la Dio Grazia, sono io, che fui l'ultimo a godere de' suoi dottissimi insegnamenti; l'ultimo sopravvivente a quanti furono suoi Scolari; forse l'ultimo di quegli, che con esso trattassero; e quasi l'ultimo di quanti lo conobber di vista.

Questo medesimo Problema, ed il terzo, che segue, insegnano, fra gli altri, formare i Cieli di due sorte di Volte. L'una, spiegata a guisa d'una Vela di Nave, di mia invenzione, con quattro aperture di finestre attorno, e con particolare artifizio cavate dalla superficie curva d'un Emisfero, cioè dal Cielo della Volta, detta Tribuna. L'altra, comunemente chiamata a Schifo, per la forma, ch'ella tiene d'una piccola Barca, detta dal Greco Scapha, e da Noi, lo Schifo, ed è anche chiamata alla Romana; forse per essere stata riconosciuta più in Roma, che altrove, per la più aggiustata al comodo di ornar le stanze di quei Palazzi. E perchè quì, per assicurare del giusto chi spende, e dare il dovere all'Artefice, che vi dipinga, o vi lavori di Musaico, io vi spiego la regola di riquadrare geometricamente con esattezza, e senza supporre la quadratura del cerchio, i Cieli, o le superficie curve di queste due Volte, e delle lor parti; però non disconverrà che, in onore della Patria dell'Inventore, tanto Amatora del giusto, io chiami quella mia Vela Volta a Vela alla Fiorentina Quadrabile, seguitando a chiamare la seconda, Volta a Schifo alla Romana, coll'aggiunta pur di Quadrabile.

Appresso, per adattarmi al genio, ed al gusto non solo de' Teorici, che de' Pratici, porrò la formazione, e la misura degli altri Cieli dell'usate Volte sopra base regolare di cerchio, o di quadrato, oltre alla vera, e precisa quadratura d'altre infinite Volte su basi di lati, ed angoli uguali quanti ne piace.

Tale, in ristretto, è l'argomento di questa mia curiosa Esercitazione Matematica.

Di tutto ho voluto fare il disteso nella propria favella, affinchè apparisca esser valevole anch'essa ad esprimere con chiarezza, ed in termini significanti i concetti dell'animo, eziandio in materie simili scientifiche. Tanto vi basti. E se persisterete in occuparvi a scoprir Veri ignoti, al che vi condurrà la DIVINA GRAZIA, l'Amore al Vero, e 'l Dono dell'Inventiva, viverete felici, com'io desidero.

L'Enimma ultimamente proposto così diceva.

Die 4. Aprilis 1692.

ÆNIGMA GEOMETRICUM

DE MIRO OPIFICIO TESTUDINIS

QUADRABILIS HEMISPHÆRICÆ

A

D. PJO PUSILLO GEOMETRA

propositum;

Cuius divinatio, a secretis Artibus illustrium Analystarum

vigentis ævi, expectatim, quod, in Geometriæ pura

historia, tantummodo versatus, ad tam recondita videatur invalidus.

INter venerabilia eruditæ olim Græciæ Monumenta, extat adhuc, perpetuò equidem duraturum, Templum augustissimum, ichnographia circulari ALMÆ GEOMETRIÆ dicatum, quod, a Testudine intus perfectè hemisphærica, operitur; sed in hac, fenestrarum quattuor æquales aræ (circum, ac supra basim huiusce hemisphærij dispositarum) tali configuratione, amplitudine, tantaque industria, ac ingenij acumine sunt extructæ, ut, his detractis, superstes curva Testudinis superficies, pretioso opere musivo ornata, Tetragonismi verè geometrici sit capax.

Quæritur modò, quæ sit, qua methodo, quave arte, pars ista hemisphæricæ superficiei curvæ quadrabilis, tensæ ad instar Carbasi, vel turgidi Veli nautici, ad Architecto illo Geometra fuerit deprehensa? & cui demum plano geometricè quadrabili sit æqualis?

PRæsentis Ænigmatis enodatio (quod spectat ad huius admirabilis Fornicis, tum Constructionem expeditissimam, tum Quadraturam) SERENISSIMO FERDINANDO MAGNO PRINCIPI ETRURIÆ, Scientiarum & nobiliorum Artium CULTORI, AC PATRONO GENEROSISSIMO, ab eodem Ænigmatista collata iam est; qui quidem simul non dubitat quin hoc ipsum Ænigma singuli, literario in Orbe degentes hodie, præclarissimi Analystæ, sint statim divinaturi, proprias quadrationes impertiendo singularis huius Testudinis tetragonismicæ ab hemisphærio dissectæ: sed ipsorum solummodo peracutas indagines, multiplicesque industrias ad hoc unum, idemque geometricum collimantes, impatienter expectat, ut hinc, qui temerè contumelias in Geometriam iacere audent, silere discant; vel potiùs maxima cum voce exclament. OH UNICA VERORUM SCIBILIUM SCIENTIA A DIVINA in Hominum MENTE infusa! ut hæc, imperviis, mutabilibus, fallacibusque contemptis, æterna ista, quæ semper, & unicuique sunt eadem, tantùm appetat, nilque aliud unquam magis innocuum scire perquirati.

Quest'Enimma dunque ho converto nel seguente

Trovar una mezza Sfera, ed assegnar sulla superficie

curva di essa non quadrabile una porzione,

che sia eguale al quadrato della data retta AB.

Tornitevi una Sfera, o Globo, che volgarmente noi diciamo Palla, rappresentata da un suo cerchio massimo A C B D, il quale figuratevelo come un verticale, di cui il diametro orizzontale sia la data retta A B, centro E, raggj E A, E B.

Questi dividetegli per mezzo in F, G. Dipoi, fattosi fabbricare un Succhiello, o Trapano, la cui maggior grossezza, o larghezza tagliente sia appunto uguale ad uno de' raggi E A, E B: con esso traforate la Palla, tenendo l'asse del ferro, secondo le direzioni, ch'io chiamo centrali, delle rette N F, P G perpendicolari al piano di esso cerchio A C B D, dal quale il taglio di detto ferro scaverà i due cerchi uguali A H E L, E I B M toccantisi in E.

Ciò fatto, dico, che avete e presto, e bene sciolto il Problema ciascuna di queste mezze palle, A C B superiore, e A D B inferiore: cioè, che il trapano, che è passato fuor fuori, ha portato via da ciascuna superficie curva degli Emisferj quattro spazzj eguali, e simili bilineari, in forma di quattro mezzi occhi, o finestre; che due dalla parte d'avanti, e due all'opposta, toccantisi fra loro in punti sul giro della base orizzontale, e che ciascuno degli avanzi di dette superficie curve emisferiche, toltene le quattro finestre, è per l'appunto eguale al quadrato della data A B fatta asse della Sfera. Il che è l'istesso, che dire, è doppio del quadrato A C B D descritto dentro al medesimo cerchio massimo. Onde la superficie curva di tutta la Palla A C B D, toltine i quattro occhi interi consumatisi nelle due traforazioni, è quadrupla di esso quadrato inscritto A C B D; nella guisa, che tutta la superficie sferica è quadrupla di tutto il massimo cerchio R S V T circoscritto ad esso quadrato A C B D.

Dal che ne vien, come Corollario, che ciascuna superficie curva de' quattro occhi rotondi, o finestre intere, è quadrupla di ciascuna delle proporzioni piane A R C, C S B, B V D, D T A, che avanzano al cerchio R S V T toltone il quadrato inscrittogli A C D B.

E perchè tanto l'una, che l'altra superficie emisferica, toltine i suoi quattro mezz'occhi, ha forma d'una Vela gonfia di Nave, che può servir di Cielo ad una nuova Volta, il quale posa sul cerchio, ch'è intorno al diametro A B, ed è cavato coll'aperture delle quattro finestre da quel Cielo intero, e serrato della Tribuna a mezza palla: Di qui è, che l'operazione fatta sopra vi mostra 'l modo di formarvi speditamente sul vostro torno, e co' vostri trapani, non che uno, due Modelli del Cielo di questa Vela, che per li motivi addottivi io chiamo Vela quadrabile Fiorentina, le cui quattro punte, A, E, E, B, (dette da' Muratori, petti, o piedi) posano su' peducci posti negli angoli, A, E, E, B di quel quadrato, che torna inscritto all'altro cerchio massimo eretto perpendicolare al Verticale R S V T.

Eccovi dunque bastantemente indicato con evidenza palpabile, e segnato con geometrica, e speditissima costruzione sul convesso di questa Sfera i perimetri de' quattro occhi interi, o finestre, i quali perimetri vengon dati dalle comuni sezioni, che di lor natura, e necessariamente si fanno di quelle due superficie curve, sferica esterna del globo, e cilindrica interna generata dal trapano, terminanti il giro di esse finestre interne, le quali doppiamente soddisfanno al quesito.

Questo è quel che a' mesi passati, per saziar la nobil curiosità di questo SERENISSIMO PRINCIPE FERDINANDO, spiegai all'A. S. con altre varie maniere, da me già tenute per dimostrar questa ammirabile quadratura di Vela, con altro, che qui pure dirò poco appresso.

Ma or frattanto vi dico, e voi stessi, dal dettovi, ritroverete, che su questa medesima Vela Fiorentina si posson assegnare altre Vele infinite, ed altre parti di essa, le quali sien tutte quadrabili, quali per esempio sarebbono col mantener all'intera Vela una delle due sue larghezze da' piedi, cioè uno de' due assi orizzontali dell'Emisfero fra loro a squadra, che congiungono le cocche, o pur le punte, o i lembi estremi della Vela intera, e collo scorciar l'altra larghezza, o distanza fra i rimanenti due lembi opposti, col fargli terminare sull'arco di quel mezzo cerchio verticale (il qual passa per gli altri lembi dell'intera) per distanze eguali dal polo, o vertice di tal arco: poichè in tal maniera ciascuna di quest'altre infinite Vele, più strette per un verso, che per l'altro, si può ridurre in quadrato con esattezza geometrica, e far sì, che questa, alla Vela intera abbia qualunque data proporzione di minoranza, e che perciò ella sia eguale a qualsisia dato quadrato minor di quello dell'asse, a cui è uguale la Vela intera: essendochè la più stretta, o secondaria, che voglia dirsi, alla primaria sta sempre come la retta congiugnente le cocche più corte (che restan come in aria staccate dalla base di tutta la primaria) alla retta congiugnente le cocche più lunghe, cioè all'asse di quella Sfera, ec. Siccome altre infinite Vele si posson considerare sulla stessa(*) superficie emisferica, quadrabili ne' lor tutti, e nelle lor parti, ec. Proprietadi in vero, non men rimarcabili di quante sieno state fin'ora estratte dall'indeficiente miniera della Geometria, delle quali sole, sull'esempio d'altri Inventori, avrei potuto far subito gran fracasso: e se l'ambizione mi avesse predominato, pregiarmi ancora (com'essi han fatto) più d'Archimede primo riduttore della superficie sferica in piano, allorachè, quarantasei, o più anni sono io mi fossi considerato per iscopritore d'un metodo così vasto, ed universale stato ignoto agli Antecessori, e propagabile in infinito a cose non men belle, che nuove, e col quale, in questo particolare, trovai nel medesimo tempo non solamente l'estensione delle parti della superficie sferica in piani non ancora quadrabili, come fece Archimede, ma di più le sopradette estensioni di parti infinite, e per più versi considerate, di simiglianti Vele, con ridurle a noti quadrati, o rettangoli. Contuttociò io non ne feci, ne so farne tanto romore, e non mi presumo tanto, perchè io conosco me stesso. Godo bensì, e mi appago di queste, e di altre non men degne scoperte; ma non resto però di ceder il campo ad ogniuno, come sempre il cedei: anzi or risolvo di non intraprender più in avvenire nuove speculazioni, contento di queste, e dell'altre già fatte, tali quali si sieno; se non per altro, almeno pel numero, trascendente l'immaginativa, e la credenza degl'Informati delle tante, e sì varie mie distrazioni in continua agitazione del corpo, e dell'animo, troppo repugnanti alla tranquillità, che in sì fatti studj, la mente mia stanchissima richiedeva. Ma rimettianci alla Vela.

Se voi desideraste di veder in opera di rilievo il Modello di questa Vela quadrabile (essendochè riesca assai malagevole il traforar con un trapano stesso un globo digià tornito, ed in guisa, che i trafori si tocchino per tutta la lunghezza dell'asse del globo, senza intersegarsi fra loro, ed il far sì, che tal'asse si adatti appunto, e si unisca co' due lati de' fori cilindrici, che passan per E) vi darò questa regola sicura e facile per la pratica.

Ordinate farsi di legno duro due perfetti paralellepipedi eguali su basi eguali, e simili rettangole spianatissime A B, C D, di questa prima Figura, alte circa al doppio della larghezza, ed i solidi sieno d'egual lunghezza non minore dell'altezza, o grossezza loro. Ciascun di questi traforategli in diritto per la lunghezza con un trapano, quanto vi piace più stretto di questi legni, col porre la punta di esso ne' centri E, G, delle basi, per farla riuscire per li centri delle opposte. Dipoi, fate piallare a poco a poco due delle facce loro più larghe, come le B R, P S, tantochè, in levar via que' sottilissimi brucioli, i piani arrivino a toccare precisamente i lati de' fori cilindrici, che passano per li colmi F, H, e per gli altri, che terminano sulle circonfereze de' cerchi opposti.

Fatto ciò, incollate sottilmente questi due piani insieme, talmentechè le basi A B, C D compongano un sol piano rettangolo A D della seconda Figura, e che i medesimi colmi F, H, di essi fori, si tocchino, siccome gli altri de' cerchj opposti, e in conseguenza, i lati de' cilindri voti, che passano per F, H, diventino un lato solo. Finalmente mettete sul vostro torno questo composto di legni, sicchè una delle punte entri in F, unito con H, e l'altra nel suo corrispondente punto dell'altra testata: e con la vostr'arte di tornir su le punte (se però non vi volete valere del torno in aria sulla coppella) formatevi un Globo, il cui asse sia eguale appunto alla retta L N composta de' diametri de' due fori; il che vi accorgerete di aver conseguito allora, che nel tornire in tondo, sarete arrivati a quasi sfondar dentro a' fori; che in quell'atto vedrete, con vostro sommo diletto, d'aver ultimato il lavoro del modello desiderato, anzi pure di due della Vela quadrabile Fiorentina.

Trovar un solido, ed un Trapano, col quale, forando quello fuor fuori, l'interna superficie rotonda, che vi si crea, sia eguale al dato quadrato A B C D.

Congiugnete i diametri A C, D B, e compite il quadrato A E D F.

Tornitevi poi un cilindro retto all'altezza di A E, grosso altrettanto ne' diametri delle basi A F, E D. Dipoi con un trapano, la cui massima ampiezza sia quant'è l'altezza, o la grossezza del cilindro, foratelo banda banda secondo la direzione centrale della retta G H, la qual congiugne i punti di mezzo G, H, de' lati opposti F D, A E.

Dico, che così rimane sciolto il Problema: cioè che la superficie rotonda interna fatta dal trapano dentro al cilindro è per appunto uguale al dato quadrato A B C D.

Tornire un solido, la cui intera superficie curva rotonda sia eguale al dato quadrato A B C D.

Dal centro del quadrato congiugnete le E A, E B; compite il secondo quadrato A E B F: congiugnete la E F segante l'A B in G, e formate il terzo quadrato A G F H.

Tornitevi poi un cilindro retto che sia alto, e grosso quanto F G, sicchè, per esempio, i diametri delle basi sieno i lati A G, H F; e questo stesso cilindro, che torniste intorno a' centri delle basi A G, H F, ponetevi di nuovo a tornirlo per l'altro verso in croce, cacciando le punte del vostro torno ne' punti di mezzo L, M de' lati opposti A H, G F del terzo quadrato; ed in far questo lavoro valetevi d'uno scarpello di taglio perfettamente diritto, e più lungo dell'altezza, grossezza di esso cilindro; con questa avvertenza però, che il medesimo taglio diritto dello scarpello si stia sempre paralello a se stesso, e a' diametri A G, H F delle basi del cilindro fatto a principio, e con tal invariabil politura del ferro andate il suo taglio spignendo a poco a poco più innanzi fin che, nel portar via quella sottilissima tornitura, egli arrivi appunto a radere dall'una parte, e dall'altra i poli I degli archi delle metà di quel cerchio, il quale segnato sul cilindro, ha per diametro la retta M L; e qui subito date fine a quest'altra tornitura; che io dico aver voi così, perfettamente sciolto il Problema.

Cioè, che tutta la superficie curva di questo solido, per due versi cilindrica, è eguale al dato primo quadrato A B C D.

Or perchè, come voi vedete, il quadrato A H F G divide in due parti uguali tutta la superficie curva di questo solido così tornito in croce, e ciascuna di tali metà forma giusto un modello del Cielo di quella Volta detta comunemente Schifo alla Romana, di qui potrete concludere, che qualunque di questi Cieli è doppio del proprio quadrato A G F H su i lati del quale sta esso impostato. E perciò da qui avanti questo Cielo, e questa Volta potrà dirsi Schifo alla Romana quadrabile; di cui avremo la giusta, e vera quadratura col moltiplicare il perimetro, o giro del quadrato sua base nella sua altezza, o sfogo, ovvero nel cateto, che dal centro di esso quadrato cade sopra uno de' lati.

Ma la quadratura di questo Cielo s'estende ancora ad ogni altro degl'infiniti Cieli, che si facessero sopra qualunque altra base poligona regolare; quando, cioè, da ciascun de' lati si staccasse una quarta di superficie di cilindro generata da esso lato, nel rivolgerlo, ed alzarlo paralello a se stesso fin al vertice, come base di quel triangolo equicrure, che ha la sua cima nel centro del poligono: poichè da' comuni segamenti di queste eguali quarte di circonferenze di Elissi, che hanno per semiasse maggiore il raggio del poligono, e per minore il suo cateto; e fra l'una, e l'altra quarta d'Elisse si conterrebbe uno spicchio di superficie curva cilindrica, e tutti insieme questi spicchj formerebbono un Cielo di Volta, che pur si potrebbe dir a schifo alla Romana quadrabile, sopra base pentagona, essagona, o altra qual'ella si fosse delle regolari.

Conciossiecosachè ciascuno di tali Cieli, è eguale al rettangolo fatto dal giro del poligono base della Stanza, o del Tempio, e dal cateto del medesimo poligono, cioè, al rettangolo d'uno de' lati nel cateto moltiplicato pel numero de' lati.

In oltre, ed è cosa ammirabile, se tutto questo Cielo si segasse con un piano paralello alla base per cavar nel colmo una apertura per pigliare il lume; anche del Cielo, che rimane fra essi piani, si avrebbe speditamente la giusta riquadratura in piano; perchè tutto 'l Cielo a quella porzione levatane sta sempre come tutto lo sfogo dello schifo allo sfogo del Ciel levato; in quella guisa appunto, che la superficie curva di tutto un Emisfero alla curva d'una porzione circonpolare, sta come lo sfogo dell'Emisfero allo sfogo della medesima porzione.

Di più, questo medesimo solido tornito per due versi a cilindro, se punto punto vi penserete, lo troverete esser due terzi del cubo, che lo circoscrive, cioè del fatto sul quadrato A H F G.

Trovar un solido, ed un trapano, col quale, traforandolo, il voto che vi si farà, sì rispetto alla solidità, che rispetto alla superficie, sia proporzionalmente analogo ad un globo.

Tornitevi qualunque cilindro retto, il quale sia alto appunto quant'egli è grosso, e per esemplo A B C D sia uno de' suoi rettangoli quadrati per l'asse, e A D, B C sieno i lati opposti dell'altezza. Prendete poi un trapano,

la cui massima ampiezza sia precisamente eguale alla grossezza, o altezza di tal cilindro, e con esso traforatelo secondo la direzione centrale della retta E F, la qual congiugne i punti di mezzo E, F de' lati.

Ciò fatto, dico, che avete sciolto il Problema: cioè, che riempiendo il voto, che si sarà fatto dentro al cilindro, la figura di tal ripieno, tanto nella solidità, che nella superficie rotonda, è proporzionalmente analoga ad una Sfera.

Anzi di più, che questo tal solido, che ristaura il cilindro, è anch'esso due terzi del cubo, che lo circoscrive, cioè di quello che si fa sul quadrato A B C D: nella guisa che il cilindro circoscrivente una Sfera è sesquialtero della medesima Sfera.

Trovar un solido rotondo, ed un Trapano, o Succhiello, col quale forandolo banda banda, la superficie curva rotonda, che vi lascia dentro creata di nuovo il ferro, sia eguale alla curva superficie rotonda esterna, che il medesimo ferro avrà alla fine consumato di sul solido da ambe le parti, e tanto l'interna, che l'esterna sia eguale al dato quadrato C G H I.

Tirate i diametri C H, G I segantisi in L, e compite il quadrato C L G B.

Tornitevi poi un cilindro retto, del cui rettangolo per l'asse A B C D il lato, ovvero altezza A B non sia minor del diametro B C della base, e con un trapano, la cui massima ampiezza sia precisamente eguale ad esso diametro B C, passatelo fuor fuori secondo la direzione centrale della retta E F, dividente pel mezzo i lati A B, D C.

In tal maniera operato, dice essere sciolto il Problema: cioè, che la superficie curva interna formata dal ferro è eguale al composto delle due superficie, che dall'una, e dall'altra parte ha consumato il ferro stesso di sul cilindro: e che tanto l'interna, che l'esterna è uguale al quadrato C G H I.

PROBLEMA SESTO.

Trovar un solido contenuto da due superficie, una piana, ed una curva, e trovar un trapano, col quale traforando la superficie curva pel traverso, l'altra curva superficie rotonda, che si forma dentro al solido, sia eguale non già, come nel passato Problema, a quella superficie curva, che esso trapano averà consumato di sul solido da ambe le parti, ma a quella curva, che sul medesimo solido sarà rimasta dopo la traforazione; e sì, che tanto l'una, che l'altra sia eguale al quadrato della data retta A C.

Tornitevi un globo, di cui l'asse sia quanto A C linea data, nella metà del qual globo sia B A D uno de' mezzi cerchi massimi, di cui il polo sia A, centro E, diametro B D, e preso un trapano di massima larghezza, o grossezza eguale al mezz'asse A E, con esso traforate il detto mezzo globo secondo la direzione centrale della retta F G, la qual, passando per H punto di mezzo della A E, sia perpendicolare al piano del medesimo mezzo cerchio B A D.

Dico, che, terminata questa operazione, avete sciolto il Problema, cioè, che tanto la superficie curva interna generata dal trapano nella mezza Sfera, quanto la superficie curva esterna, che rimane su quella, intatta dal ferro, è ugual appunto al quadrato della data retta A C.

Laonde, fatta una simile traforazione per di sotto nell'altra metà di Sfera, ne vien per Corollario, che di questa così traforata a doppio, l'universal superficie composta dall'interno de' fori, e dell'esterna rimanente alla Sfera, è quadrupla dell'istesso quadrato dell'asse A C della Sfera.

E che l'universal superficie del cubo di A C ad essa Sfera circoscritto è sesquialtera dell'universal superficie, interna, ed esterna di detta Sfera inscrittagli, e traforata a doppio, come sopra: nella guisa che l'universal superficie del cilindro circoscritto alla Sfera è sesquialtera dell'universale della medesima Sfera.

Anzi di più vi dico che, aiutati da questa costruzione, e da tali notizie, troverete, e dimostrerete, che il solido, che qui rimane alla mezza palla, dopo fattole quel traforo, è la sesta parte del cubo dell'asse A C della palla tornitavi.

Donde proverete appresso, come un altro Corollario, che, fatta una stessa traforazione dentro l'altro emisfero di sotto B C D, quel solido, che rimane all'intera Sfera; toltone i solidi de' due fori, è la terza parte dell'istesso cubo, il qual poi è quello, che circoscrive la medesima Sfera.

E perciò d'ogni residuo di Sfera così traforata a doppio (che divien un solido contenuto dentro da due parti di due superficie cilindriche, e fuori da parte della superficie sferica) il cubo che la circoscrive, è triplo; e quel residuo traforato così bizzarro, sferico cilindrico, geometricamente si riduce in un paralellepipedo noto.

Di più. I due perimetri, o giri, od orli, che chiamar gli vogliate, de' due occhi interi scavati dal trapano dentro la superficie curva dell'Emisfero B A D nella parte davanti, e nell'opposta, contuttochè e' non sieno circonferenze di cerchj, ne di Elissi, ne di altre figure note, anzi sieno linee assai sghembe, e non distese in piano, contuttociò, prese insieme, son uguali alla circonferenza piana di quell'Elisse, di cui l'asse minore sia l'asse A C della Sfera intera, ed il maggiore possa il doppio del minore.

Di più. Ma io non la finire' mai. Cercate un po' da voi, che per queste aperture, e con questi occhi scorgerete cose non più vedute, e tutte singolari, e mirabili della Sfera, e di altre sue parti superficiali, e solide non ancora, a notizia mia, state scoperte da altri, ne men forse in altri solidi rotondi.

Ma seguitiamo a contemplar i Cieli delle nostre Volte; ed acciò che più francamente ci sortisca di penetrargli, e di meglio concepir la struttura loro, facendomi più da lontano, premetto, che

Oltre alle varie maniere inventate dagli Architetti d'impalcar con legnami le Stanze, cinque sorte di Cieli semplici, o coperte sopra basi regolari di quadrato, o di cerchio (alle quali diedero nome di Volte) più comunemente si ordinano da essi Architetti per gli Edifizj, da mettersi in opera con muraglia, ed abbellirsi o con ricchi musaici, o con pitture di Artefici più singolari.

La prima, è chiamata da quegli, Volta a mezza botte, la qual è forse la più antica; come che dalla Natura medesima l'imparassero nell'osservare, che, godendo essa della forma circolare, fin la sottile scorza, che circonda 'l fusto d'un albero segato pel lungo nel mezzo, e me ssa a diacere col concavo per di sotto, è valevole a sostener grandissimi pesi posati sul convesso, o schiena di tale scorza.

Se voi dunque volete farvi il modello di questo Cielo, tornitevi un cilindro grosso quanto alto, e segatelo in due secondo, che va la retta congiugnente i centri delle sue basi; che di ciascuna di queste parti il convesso, vi mostrerà quello del Cielo della mezza botte.

Per fabbricar questa Volta costumano gli Architetti di far alzare sopra le mura opposte, e fra loro più prossime della Stanza, s'ell'è di base quadrilunga, più centine gagliarde composte di tavole ben confitte, ed erette fra loro paralelle, e a squadra a i muri già messi in piano, e dintornate in arco di mezzo cerchio, tanto minor raggio di quel che sia la metà della larghezza di detta Stanza, quanto importa la grossezza de' correnti, e degli asserelli, o cannucce, che sopra loro si fermano, e s'intraversano dall'una centina all'altra. Sopra questa coperta poi, con ismalto, o con muro a mano, di lavoro cotto, ben collegato a filo per filo fra lor paralelli, fanno da' fianchi in su alzar unitamente la fabbrica attorno attorno sopra quell'armadura, e gli ultimi filari prossimi al maggior colmo, gl'inconiano a stretta con lavoro stracotto, e con leghe di pietra cacciatevi di concordia a forza di colpi discreti; e già basso, ne' fianchi, sin'a due terzi in circa dell'altezza, la fanno fare il doppio più grossa, affinchè il rimanente dell'arco in mezzo, che gravando spigne alle bande, trovi quivi maggior resistenza, e contrasto.

In tal guisa operato, è certo che la superficie curva, o il Cielo di sotto prende la forma arcuata di quella d'un mezzo cilindro, o d'una mezza botte. Ma perchè questo Cielo, dopo dipinto che sia, dovendosi misurare per soddisfare il Pittor della sua mercede (col quale è solito di convenir del prezzo a un tanto il braccio quadro) non si sa ridurre in piano giustamente quadrato, se non col paragonarlo al mezzo cerchio, che fa base a quel mezzo cilindro; ed il cerchio non è stato per ancora quadrato con precisa costruzione geometrica da valersene per la presente pratica (se però questa precisione non ci verrà data dal soprumano ingegno del Sig. G. G. Leibnizio, che già enunciò quella sua mirabilissima quadratura esatta arimmetica per indefiniti numeri rotti, ec.) però anche il Cielo della mezza botte non lo sappiamo precisamente quadrare, e solo (in relazione ad un noto quadrato) in termini per altro noti pronunziarne la sua quantità, ed esprimerla poi in numeri prossimi.

La seconda Volta è quella, che qua da alcuni si chiama Tribuna, ed i Latini, anzi i Greci dissero Tholus. Questa per avventura fu ritrovata dall'osservar, che, eziandio un sottilissimo mezzo guscio d'uovo rivolto all'ingiù, resiste ad immensa forza, che se gli faccia sopra. Ed anche a fabbricar questa diedero forse lume le forme rotonde scavate de' Nidj, e delle Tane, che col natural istinto si fabbricano varj Animali privi della ragione.

Per farsene il modello, già voi sapete, e vedete, che, segata pel centro una palla, ciascuna delle superficie curve di tali parti è un perfettissimo Cielo della Tribuna serrata.

Per costruirla, il nostro immortal Filippo di Ser Brunellesco Lapi fece veder in opera colla stupenda Cupola di questo Duomo, che ogni gran mole arcuata si può sollevar da terra a qualunque altezza, senza sottoporle centine, od armadure; e che, questa Emisferica in particolare, si perfeziona coll'andar a suolo per suolo in giro collegatamente murandola legata da un semplice filo, o asta fermata con un de' suoi estremi nel centro del cerchio, sul quale s'alza la Tribuna, e lunga appunto quanto 'l mezzo diametro di quel cerchio.

Ma, avendoci avanti dimostrato Archimede, che questo cerchio è la metà della superficie curva della sua mezza palla, è chiaro, che il doppio del prossimo riquadrato di tal cerchio sarà la prossima riquadratura del suo Cielo dipinto.

Delle rimanenti tre Volte osservai, che la terza, e la quarta le composero di parti della prima e mezza botte, e che la quinta la formarono d'una sola parte della seconda a Tribuna serrata. Mi dichiaro.

La terza, alla quale continuai il suo nome di Volta a schifo alla Romana coll'aggiunta di quadrabile, è serrata anch'essa attorno attorno come la seconda a Tribuna, ma è creata dall'incrociamento a squadra di due Cieli della prima Volta a mezza botte voltati su i lati opposti d'un medesimo quadrato, formandosi que' quattro spicchj, come vi ho significato seguire nel terzo Problema, nel quale vi mostrai la maniera di farsene il Modello sul Torno.

La pratica del fabbricarla si è col far due centine eguali a mezz'ovato, segnato al solito dal filo, che si gira attorno a' suoi estremi fissi, ec. le quali abbiano per diametro la diagonale della stanza quadrata, che s'intenda coprir in Volta, ed abbiano di sfogo, o rigoglio la metà appunto del lato di tal quadrato, cioè il cateto su quello. Tali due centine si ereggono diagonalmente sugli angoli opposti della Stanza; che una intera, l'altra divisa in due, così scorciate ne' colmi, che coll'intera congiunte, formino in mezzo una croce a squadra perfetta. Dipoi s'incorrentano in traverso orizzontalmente per diritture paralelle que' quattro spicchj trangolari, e sopra vi si fa l'incannucciatura in arco, secondo che va la piega degli spicchj, che sono porzioni uguali, e simili di superficie curva di quella mezza botte, che si gettasse sopra la medesima stanza quadrata, formandosi così nel Cielo di sotto quattro spigoli incavati per insu all'indentro, e che s'incrociano nel colmo ad angoli retti: mentre però non vi si voglia creare qualche spazio quadrato, o d'altra figura, che più aggradisca per farlo dipignere.

Nel murarla poi, come ho detto nell'altre, si va da' quattro lati dell'impostature unitamente alzando attorno filar per filare ben collegato, fin che si arrivi al suo colmo, o serraglio.

Lo spazio di questo Cielo a Schifo quadrabile alla Romana, già vi dissi esser doppio della propria pianta quadrata, siccome quello dell'altro a Vela alla Fiorentina. E voi stessi con somma facilità, dalla certezza di ciò, dimostrerete esser vero il tutto fin qui enunziato, poichè, il solo saper la esistenza, o la possibilità d'una conclusione geometrica, agli acuti ingegni inventivi (i quali dal nostro saggio SERENISSIMO FERDINANDO, con più che Platonico detto chiamansi Ingegni creatori) di sommo aiuto si è il ridurre all'atto questa potenza, nella guisa che, il saper, per esempio, darsi triangoli sulla stessa base, in ciascun de' quali il quadrato di questa è eguale alla somma de' quadrati de' lati loro, sarebbe di grande aiuto a dire, e dimostrare qual sia la spezie di questi triangoli, senza che Pittagora l'insegnasse: siccome s'io affermassi, darsi d'un cerchio non ancor riquadrato, infinite parti geometricamente quadrabili. Se dunque tal pura notizia è di aiuto, tanto più lo sarà coll'indicazione di quali sien quegli spazzj, e que' solidi, quadrabili, o cubabili, ed a' quali spazzj o cubi sien quegli uguali.

La quarta Volta nominata a Crociera, è parimente composta di quattro spicchj eguali, e simili del Cielo della mezza botte; con questa differenza però, che laddove, per formar lo Schifo, passano pel punto del colmo gli archi verticali de' due Cieli a mezza botte, che vi s'incrociano, in questa poi a Crociera passano i lati diritti de' due medesimi Cieli, ma paralelli alla pianta, e quivi parimente s'incrociano.

La centinatura di tal Crociera richiede pur quegli stessi mezzi ovati posti per diagonale, siccome l'armadura, tessitura, e coperta va fatta coll'ordine già detto, e 'l muramento per paralelle al piano della stanza; che così vien poi creato per di sotto il Cielo di questa Volta con quattro spigoli, che s'incrociano a squadra nel colmo come gli altri, ma però che risaltano in fuori verso 'l pavimento, ed il Cielo riesce aperto da quattro lati con eguali semicircoli verticali.

La misura quadrata di questo Cielo non si può esprimer esatta, per richieder anch'essa la cognizione della quadratura del cerchio, ma bensì in numeri assai vicini, ec.

Restavi la quinta, ed ultima delle Volte poste in opera fin'ad oggi, chiamata comunemente Volta a Vela, che a distinzione della mia nuova Vela, dicola Vela antica.

Il Cielo di questa, altro non è che una parte di quella Tribuna chiusa, che si farebbe sopra il cerchio circoscrivente il quadrato della medesima stanza. Imperciocchè, dando al Cielo di questa Tribuna chiusa, quattro tagli a piombo per i lati di esso quadrato, vi nascono quattro mezzi cerchi, che portano via all'intorno dalla mezza palla, o Tribuna quattro mezze porzioni eguali della di lei superficie curva, e tutto quel che rimane di tal superficie fra gli archi di detti mezzi cerchi, è quel Cielo, detto ora da me Vela antica, con le quattro aperture attorno de' medesimi mezzi cerchi, posando questo Cielo co' suoi petti, o piedi su gli angoli del medesimo quadrato inscritto al cerchio base del Cielo della Tribuna.

Per la centinatura di questa Vela servono i detti archi di mezzi cerchi ben collegati insieme; che, del rimanente a murarla basta cominciar di fondo in que' piedi, con andar su su sempre in giro obbligato dal termine d'un'asta o filo fisso dall'altra parte nel centro del cerchio, o del quadrato, sul quale sta la Vela, ed il qual filo sia lungo quanto 'l mezzo diametro di tal cerchio, o 'l raggio del quadrato: che per tal guisa il concavo di sotto diventa il Cielo di detta Vela antica.

Questo Cielo similmente non è quadrabile per appunto, per le ragioni già dette, ma per numeri ve gli accosta.

Or a compire il primo de' numeri perfetti in genere di Cieli di Volte semplici, quali sono l'altre cinque su base regolare, vi mancava il sesto Cielo: ma di già nel primo di questi Problemi imparaste la regola di farvene il modello in quel Ciel della Vela quadrabile alla Fiorentina.

E quanto al riquadrarlo sentiste, che egli è doppio del quadrato, su gli angoli del quale posano i piedi di questa Vela.

Similmente della Volta a Schifo, della a mezza botte, e della Tribuna serrata ve ne ho dato il modo.

Sicchè de' sei Cieli di Volte avete la maniera di farvi il modello di quattro. Riman ch'io vi mostri come far possiate quegli ancora della Vela antica, e della Crociera. L'uno, e l'altro v'insegneranno i due seguenti Problemi.

PROBLEMA SETTIMO.

Trovar un solido, ed un Trapano, o Succhiello, e con esso traforar quello, sicchè la superficie interna, che vi si crea, sia modello del Ciel della Volta nominata a Crociera impostata sopra un quadrato.

Prendete pur qualunque solido, che vi dia alle mani, e con un trapano di qual grossezza volete non maggior di quella del solido, traforatelo dirittamente tutto, e poi tornate a traforarlo a diritto col medesimo ferro, ma in croce, in modo, che gli assi di questi due fori s'interseghino ad angoli retti.

Dico che il Problema è già sciolto, cioè che dall'incrociamento delle due superficie cilindriche de' fori, si saranno formati non che uno, due de' modelli desiderati; l'uno opposto all'altro, e sulla stessa base quadrata.

E se il solido preso a principio sarà un perfetto dado di qualche notabil grandezza, siccome il trapano, e gli assi de' due fori cilindrici passeranno per li centri delle coppie de' quadrati opposti, che circondano il dado, qui dentro con vostro gusto vedrete formati due modelli di Volta a Crociera di quattro spicchi a diacere senza ricaschi ne' lor rigogli, e co' lor quattro spigoli terminatissimi, risaltati in fuori, che diagonalmente s'incrociano a squadra, e formano due perfettissimi mezzi ovati, ovvero Elissi, gli assi maggiori de' quali possono il doppio de' minori, ec.

PROBLEMA OTTAVO.

Trovar un solido, ed un Trapano, o Succhiello, col quale, traforato quello, se ne formi il modello del Cielo della Vela antica impostata sopra un quadrato.

Tornitevi una Palla, grande quanto vi piace, ed il suo asse, per esempio, sia d'un sesto di braccio, intorno al qual'asse, come diametro, descrivete il quadrato; e dipoi con un trapano, che nel più largo sia grosso appunto quanto il lato di esso quadrato, traforate la vostra palla in croce talmente che gli assi de' fori cilindrici passino pel centro della Palla, e fra loro si seghino ad angoli retti.

Dico, che fatto ciò avete sciolto il Problema: cioè, che quel della superficie sferica sarà rimasto illeso dal trapano, vi rappresenta, non uno, ma due modelli del Cielo della Vela antica sopra uno stesso quadrato inscritto ad un cerchio massimo della medesima Sfera.

Anzi di più vedrete d'aver fatto nel tempo stesso, e senza cercarlo, con la stessa trapanatura, il doppio modello ancora della sopradetta Crociera; cioè la prima coppia, evidente sulla superficie della Sfera, e la seconda nascosta dentro la medesima, e l'una, e l'altra coppia risedere con graziosissimo garbo sopra uno stesso quadrato di lati uguali alla massima larghezza del trapano.

E questo è quanto ho voluto dirvi intorno a questi sei Cieli.

Circa poi al misurar quegli della Tribuna chiusa emisferica, dello Schifo quadrabile alla Romana, e della Vela quadrabile Fiorentina, se alcun di voi bramasse di saper qualcosa di più, conducente, colle costruzioni qui poste, a trovarsene più failmente le dimostrazioni; sappia, che in quella mia fresca età, quando gli spiriti non erano così sopiti come son oggi, il principal fondamento dimostrativo dell'esser vere le conclusioni ammirabili sopra accennate, lo ridussi ad un solo, semplice, e comune a tutte: e quantunque tal fondamento di speculazione sia uno di quegli, che altri, in oggi, per la sua dignità, saria geloso, e guardingo di esporre al pubblico, io però; che non sono della setta de' Pittagorici, i quali riputando gran misterio i loro trovati, giuravano di non propalargli, voglio pur alla buona comunicarvelo.

Dicovi dunque essermi accorto allora: che la superficie curva di qualunque spicchio polare, tanto della Tribuna, che della a Schifo, e delle lor parti ancora, o alte, o basse, e quanto si siano angustissime, comprese da piani paralelli alle basi, è sempre eguale al rettangolo fatto dall'arco della Tribuna preso sul cerchio della base, o pur dalla retta base dello spicchio, nella perpendicolare all'orizzonte contenuta fra i piani comprendenti o lo spicchio trilineare, o la parte quadrilinea in qualunque luogo questa sia presa, e su qualsisia de' Cieli di dette Volte. E tutto trovai senza Archimede, per doppia posizione, ed anche direttamente. Su questo tal fondamento stabilij la quadratura esatta, e geometrica del tutto, e delle parti, prese per varj versi, del Cielo a Schifo Romano su base poligona regolare, e con rigoglio, o sfogo eguale al cateto della stessa base; moltiplicando, come dissi, la somma de' lati del poligono coll'altezza perpendicolare del tutto, o delle parti di questo Cielo a Schifo.

Di più, colle debite cautele, superflue a ricordarsi a' Possessori della vera Geometria, potrete saper ancora la misura prossima, se non la precisa quadratura degl'interi, e delle parti de' Cieli della Tribuna, e dello Schifo, allor ch'e' saran formati, come diconsi, a sesto acuto.

In somma, voi medesimi, col dettovi ultimamente, e colle costruzioni spiegatevi ne' Problemi, riconoscerete per vere queste, ed altre infinite belle notizie, ed anche intorno alle solidità, sì delle figure da voi tornite, e traforate colle regole da me prescrittevi, come ancora d'innumerabili altre, ec. Frattanto permettetemi il dire con Archimede: Huiusmodi symptomata, natura ipsa inerant quidem priùs circa dictas figuras, sed non fuerant superioribus cognita, qui ante nos.

Ma lasciate da parte così fatte Teoriche da pochi gradite, perchè da pochi intese: a requisizione, ed in servizio de' puri Pratici voglio ridur loro in ristretto la proporzione, che ha uno stesso quadrato A B C D a ciascuno de' sopraddetti Cieli impostati su gli angoli dello stesso quadrato;

affinchè in una occhiata vedano o le giuste, o le prossime quadrature delle superficie curve de' medesimi Cieli, per poter poi conteggiare a dovere la valuta delle Pitture fatte, o da farvisi.

Dico pertanto, che

Posto, secondo Cristiano Ugenio, il raggio del cerchio A G B C H D circoscritto al quadrato A B C D, pianta de' Cieli delle Volte esser parti — N. 10000000000.

E la sua circonferenza intera esser parti — N. 62831853070.

La pianta del quadrato medesimo A B C D.

Al Cielo della sua mezza botte sta precisamente

Come il raggio O D dello stesso cerchio alla quarta parte della sua circonferenza — Cioè prossimamente

Come — — — 10000000000. — — — a 15707963267 —

Al Ciel della Tribuna antica sul cerchio A G B C H D circoscrivente il quadrato A B C D sta precisamente

Come il raggio O D alla metà della sua circonferenza,

— — — — — — — — — — Cioè prossimamente

Come — — — — — 10000000000. — a 31415926535.

Al Ciel della Vela quadrabile alla Fiorentina sull'istesso quadrato A B C D inscritto al cerchio A G B C H D base del Cielo della Tribuna, del qual è parte la detta Vela, sta precisamente

Come il raggio O D al diametro B D — Cioè appunto

Come — — — — — 10000000000. — — a 20000000000.

Al Ciel del suo Schifo quadrabile alla Romana sta parimente appunto

Come il raggio O D al diametro B D — Cioè precisamente

Come — — — — — 10000000000. — a 20000000000.

Al Ciel della sua Vela antica (tirato il diametro O H perpendicolare a' lati opposti A B, D C, segante questo D C in I, e presa I L eguale ad I H, e O M alla metà del raggio O D) sta precisamente

Come esso quadrato A B C D al rettangolo della O L differenza fra il raggio O H, e H L, doppia dell'H I saetta dell'arco del quadrante D H C, in tutta la circonferenza A G B C H D — — Cioè prossimamente

Come — — — — 10000000000. — a 13012896963.

Al Ciel della sua Crociera senza ricaschi, sta precisamente

Come il raggio O D al doppio della differenza fra l'arco D H C del quadrante, ed esso raggio — Cioè prossimamente

Come — — — — 10000000000. — a 11415926535.

E riducendo in termini minimi queste sei proporzioni, che ha l'istesso quadrato A B C D a ciascuno de' sopraddetti Cieli, si potrà dire, che

Posto il lato A B del quadrato d'una Stanza, esser, per esempio, lungo parti uguali

N. 10.

La superficie del suo quadrato A B C D sarà appunto parti quadre   N. 100.

La superficie del cerchio circoscritto A G B C H D parti quadre poco più di
     N. 157.

E, notando i Cieli coll'ordine del loro agumento,

Quando il quadrato A B C D è parti quadre

N. 100.

Il Cielo della sua Crociera è parti quadre poco più di   N. 114.

Il Ciel della sua Vela antica è parti quadre poco più di   N. 130.

Il Ciel della sua mezza botte è parti quadre poco più di   N. 157.

Il Ciel del suo Schifo quadrabile alla Romana è parti quadre appunto   N. 200.

Il Ciel della Vela quadrabile alla Fiorentina è parti quadre appunto   N. 200.

Il Ciel della Tribuna antica serrata eretta sul cerchio circoscritto A G B C H è parti quadre poco più di

N. 314.

Onde operandosi proporzionalmente con questi numeri per la Regola d'oro, si potrà da ciascun Pratico, saputo in altro numero il quadrato della Pianta d'uno di questi Cieli, saper ancora quanto sia il numero delle parti quadre del medesimo Cielo.

Queste proporzioni stesse manifestano quelle ancora, che i soprascritti Cieli anno fra loro, comparandogli co' numeri soprannotati.

E tutto salvo sempre l'error del calcolo, e qualche scambiamento, che non sarebbe gran fatto, ch'io avessi fatto nel maneggio delle proporzioni qui enunziate.

Dalle due precedenti serie di proporzioni in numeri chiaramente apparisce, che, il Cielo della Crociera, insieme col Cielo dello Schifo Romano sul medesimo quadrato A B C D, sommano quanto il Cielo della Tribuna serrata eretta sul cerchio circoscrittogli A G B C H D, o quanto il Ciel della Vela Fiorentina: e così anche debb'essere, mediante le loro generazioni, ec.

Oltrechè, la metà della circonferenza d'un cerchio, la quale, nelle passate proporzioni, è il termine rappresentante la Tribuna serrata, è eguale al diametro (termine esprimente lo Schifo) insieme col doppio della differenza fra l'arco del quadrante, e 'l raggio (termine figurante la Crociera) essendochè, presi di questi termini le metà, pur troppo è evidente, che l'arco del quadrante è eguale al suo raggio, insieme colla differenza fra l'arco, e l'istesso raggio; per quella ragione appunto imparata a mio costo, che l'età di un settuagenario è eguale a tutti insieme gli anni, che la costituiscono. E questo, della presente mia Esercitazione curiosa, ormai sia

IL FINE.

Licet Corpora, exercitationum defatigatione ingravescant,

Animi autem, se exercendo, leventur, &c.

Cicero de Senectute.

IL Molto Rever. Sig. Bernardo Benvenuti Prior di Santa Felicita, si compiaccia di leggere colla sua solita attenzione questo presente Libro intitolato Formazione, e Misura di tutti i Cieli, ec. e riconosca se in esso vi sia cosa alcuna repugnante alla S. Fede Cattolica, ed a' buoni costumi, e referisca. Data li 2. Maggio 1691.

Niccolò Castellani Vic. Gen.

Anco questi Cieli narrano la gloria del loro Autore, dimostrano incognite verità, né contengono cosa alcuna repugnante alla nostra Santa Fede, o a' buoni costumi. Così attesto a V. S. Illustriss. e le fo reverenza. Li 4. Maggio 1692.

Umilissimo Servo

P. Bernardo Benvenuti.

Attesa la suddetta relazione si stampi.

Niccolò Castellani Vic. Gen.

Il Molto Rever. Pad. Anton Filippo Patriarchi Cherico Regolare delle Scuole Pie, e Consultore di questo S. Offizio leggerà attentamente il presente Libro, il di cui titolo è Formazione, e Misura di tutti i Cieli, ec. e trovandovi cosa repugnante alla S. Fede, e buoni costumi riferisca. Dato nel S. Ofizio di Firenze questo dì 5. Maggio 1692.

F. Lodovico Petronio Min. Conv. Vic. Gen. del S. Off. di Firenze.

Reverendissimo Padre.

Ho veduto il Libro intitolato Formazione, e Misura di tutti i Cieli, ec. nel quale non ho trovato cosa repugnante alla S. Fede, e buoni costumi. Che è quanto devo referire a V. P. Reverendiss. alla quale faccio devotissima reverenza.

Dal Conv. della Madonna de' Ricci 8. Maggio 1692.

Devotiss. Serv.

Ant. Filippo Patriarchi Ch. Reg. delle Scuole Pie.

Attesa la retroscritta attestazione si stampi. Dat. S. Offizio di Firenze questo dì 9. Maggio 1692.

F. Lodovico Petronio da Lodi Min. Conv. Vic. Gen. S. Offizio di Firenze.

Ruberto Pandolfini Senat. Aud. di S.A.S.

A fac. 6. dopo la Postilla. — Stante che tali parti stieno fra loro come le parti dell'asse orizzontale, che passa per A, B, determinate da perpendicoli cadenti su quest'asse da' colmi, o vertici de' medesimi archi di mezzi cerchi massimi, che passano per E, E, seganti le dette infinite Vele, ec.

Onde la superficie della Vela primaria, considerata segarsi con essi mezzi cerchi massimi, è proporzionalmente analoga alla superficie dell'Emisfero A C B segata da piani paralelli al cerchio massimo, che passa per C, e sega ad angoli retti l'A C B; ed i quali piani passino pe' sopradetti colmi, o vertici de' medesimi archi massimi seganti la Vela, ec.

A fac. 17. vers. 2. dopo — del cubo dell'asse A C, ec. Di più; che le due traforazioni della Sfera, le portan via maggior mole di quella, che le rimane, ec.

A fac. 17. vers. 23. dopo — del predetto asse minore, ec. Di più: dall'operato nel Problema, si può risolver quest'altro, di trovare un Cilindro tale, e tornirlo di nuovo in altro modo, e sì, che della superficie curva, che lo circonda, la parte, che resta intatta dalla nuova tornitura, sia eguale ad un dato quadrato.

A fac. 25. vers. 8. dopo — sopra accennate — (tralasciando di dir poc'altro).